今野 敏

襲撃

実業之日本社

実業之日本社文庫

目次

1

思わずよろけた。酒に酔ったわけではない。ちょっとばかり歩きすぎたせいで、左膝《ひざ》が苦情を言っているのだ。杖をつき、古傷をかばいながら歩かねばならない。どうやら、今夜の左膝はそろそろ限界にきているようだ。

狂おしい熱帯夜が続く季節は通りすぎた。しかし、夜になっても厳しい残暑の名残があり、私は汗ばんでいた。

有栖川《ありすがわのみや》宮記念公園を右手に見て歩くと、秋だというのに緑のにおいが濃かった。明日は雨になるのかもしれない。有栖川宮記念公園は、地下鉄の広尾《ひろお》駅のすぐそばにある。港区というと、赤坂《あかさか》や六本木《ろっぽんぎ》のような繁華街を思い描くかもしれないが、元麻布《もとあざぶ》、南麻布といったこのあたりはたいへんのどかだ。

病院の脇を通りすぎた。もうじき、美崎《みさき》整体院という目立たない看板が見えてくる。四階建てマンションの一階に居を構えており、そこは仕事場であると同時に、住居でもあった。整体師が、杖をついて歩いているのだから、なかなか宣伝効果があるというものだ。整体院の周囲は、静かな住宅街で、マンションが多い。六本木がすぐそばにあるのが信じられないくらいだ。

私の整体院の前にバンが路上駐車していた。黒っぽい車だ。暗くてよくわからない。紺色かもしれない。細い路地だが、迷惑駐車は都会のありふれた光景だ。エンジンがかけっぱなしだったが、私は気にせずに、鍵を取り出してドアを開けようとした。

物音に、振り返った。バンのスライドドアを開ける音だった。四人の男がバンから降りてきた。

私は、左手に杖を持ち、右手に鍵を持っていた。人通りはない。

四人の男たちは、近づいてきて私を取り囲むように立った。友好的に話をしようという雰囲気ではない。何より、彼らの風体がそれを物語っている。

服装はジーパンやカーゴパンツというそのへんの若者の恰好《かっこう》だ。しかし、頭からすっぽりと黒い目出し帽をかぶっている。道を尋ねに近づいてきたとも思えない。

「何か用か？」

私は、彼らに言った。

　彼らの一人が、いきなり殴りかかってきた。身をかわそうとして左足に力を入れたとたん、膝が私を裏切った。酷使されたことがよほど不満だったらしい。なんとか最初の一撃はかわしたが、バランスを崩して次の攻撃をかわすことができなかった。

　肩口にしたたかな衝撃があり、思わず声が洩れた。相手はいつの間にか、短い棒のようなものを持っている。三段式の特殊警棒のようだ。

　強打されたせいで、体が正常な反応を拒絶している。手も足も思うように動かなかった。激しい衝撃のせいだ。

　続いて、右の大腿部《だいたいぶ》を打たれた。容赦ない一撃で、足に力が入らなくなった。咄《とっ》嗟《さ》に杖をついて踏みとどまろうとしたが、杖の先が滑り、私はあっけなくアスファルトの地面に転がってしまった。

　迂闊《うかつ》だった。私はすっかり油断していた。四人くらいはどうとでもなると高をくくっていた。当然、相手が武器を持っていると考えるべきだった。酒に酔って多少気が大きくなっていたのかもしれない。

　四人の男が私を取り囲み、固い靴で蹴りつけてくる。腹、背中、後頭部、脚……。ところかまわず蹴りの雨にさらされた。

痛みというより、電撃のような感覚が体中を駆けめぐる。いつしか、私は胎児のような恰好になっていた。

彼らの行為には、殺意が感じられた。人は、殴打されただけで、あっけなく死ぬことがある。

やがて、私はうつぶせにされ、右手を引き伸ばされた。激しい怒りを感じていたが、体がいうことをきかなくなっている。腕を押さえつけられた。肩越しに見ると、一人が特殊警棒を振り上げている。

私の手の甲、あるいは手首のあたりを狙っている。アスファルトの上に固定された手首に特殊警棒を振り下ろされたら、間違いなく骨が砕けてしまう。

怒りと恐怖が、私に最後の力を与えた。私はいきなり体をひねり、倒れたままの恰好で脚を振った。アスファルトの上に弧を描いた私の脚は、特殊警棒を持っていた相手の足を払った。

時間稼ぎにすぎないことはわかっていた。ただ、相手の怒りを買うだけの行為であることもわかっていた。しかし、黙って手首を砕かれるわけにはいかない。

私はふたたび押さえつけられた。

今度こそ、やられる。

私は、うつぶせの状態であたりを眼で探った。

杖はどこだ？

杖さえあれば、なんとかなる。

だが、杖は、二メートルも向こうに転がっていた。

私は、手首か手の甲に来る情け容赦ない特殊警棒の一撃に備えて歯を食いしばった。

そのとき、路地の角で誰かが叫んだ。

「警察だ！　そこで、何をしている」

不意に体の束縛が解かれた。

男たちの行動は素早かった。さっと私のもとを離れると、バンに乗り込んだ。バンはエンジンがかかったままだった。車は、あっという間に走り去った。

私はしばらく動けずに、うつぶせのままでいた。やがて、右手を握ったり開いたりしてみる。右手は無事だ。

体を動かそうとすると、ひどく痛んだ。ようやく痛みを意識できるようになった。

猛烈な虚脱感がやってくる。一センチたりとも体を動かしたくない。

痛みとともに、いろいろな感覚がよみがえってくる。地面に耳をつけていると、遠くを走る車の音がよく聞こえる。そして、アスファルトは、ひんやりとしていた。

このまま眠ってしまいたくなる。だが、いつまでもここに寝ているわけにはいかない。私は、まず手を動かした。両手を脇に引きつけると、体を持ち上げる。両方の二の腕にもしたたかな打撃を食らっている。ひどい筋肉痛のような状態で、力が入らない。

それから私は、膝を引き寄せ、手と膝をついてようやく体を持ち上げた。二メートル先に落ちている杖が眼に入る。それを拾いに行くのがひどく億劫《おっくう》だった。頬骨に蹴りを食らったようだ。そこが腫《は》れてきて視界を遮りはじめている。うっとうしかった。

「警察だ」という声をたしかに聞いたような気がする。ならば、警察官が近寄ってきて手を貸してくれてもよさそうなものだ。

だが、誰も近づいてこなかった。私は周囲を見回した。

人影はない。

細い路地にはほの暗い街灯が灯《とも》り、見慣れた風景をぼんやりと浮かび上がらせているだけだ。マンションが並ぶ殺風景な通りだ。

警察官は、私を襲撃した犯人たちを追っていったのだろうか？　しかし、現場に私を放り出したままというのもおかしい。

私はもう一度、あたりを見回した。それからぼろぼろの体を引きずってドアの鍵を開けた。整体院の待合室に入ると、ほっとして力が抜け、さらに体中の痛みがひどくなった。汗が吹き出していた。

施術室には湿布薬もある。だが、とても湿布をする気になれない。待合室の奥にあるドアを開くと、そこがＬＤＫで、その向こうが寝室になっている。

杖が重く感じられる。護身の道具でもあるはずなのだが、今夜は役に立たなかった。

私は、寝室のベッドに倒れ込んだ。全身が汗で濡《ぬ》れている。それがシーツに染み込んでいき不快だった。動く気力がない。だが、いつしか、職業意識で腕や脚の関節を調べていた。骨に異常はなさそうだ。捻挫《ねんざ》もしていない。次に、肋骨《ろっこつ》だ。大きく深呼吸をしてみる。鋭い痛みはないので、折れたりひびがはいったりはしていないようだ。

打撲傷だけだということがわかった。不幸中の幸いというところか。襲撃者たちは、スニーカーなどの柔らかい靴をはいていた。相手がヤクザなどだと事情は違っていたはずだ。ヤクザたちは、固い革靴をはいていることが多く、先ほどのように蹴られたら肋骨などは簡単に骨折してしまう。

打撲傷ならば、放っておいても治癒する。

今日は、仕事の上ではなかなか興味深い一日だったが、最後に災厄がやってきた。

依頼があり、横浜桜木町《さくらぎちょう》まで出かけた。新しい患者だった。名は星野雄蔵《ほしのゆうぞう》。常連の患者の紹介だった。その常連は、劉昌輝《りゅうしょうき》という名の中華レストラン・チェーンのオーナーだ。腰痛持ちで、長年私のもとに通っている。ときには彼の家まで出張治療をすることもある。

星野雄蔵は、空手の選手だった。フルコンタクト系の篤心館《とくしんかん》という団体に所属している。篤心館の磐井隆《いわいたかし》館長はなかなかのやり手で、試合のカードを組むブッキングの面で、実力を発揮していた。海外のいくつかの格闘技道場と提携をして、世界大会を開くまでに至っていた。

さらに、ショービジネスの才能もあり、派手な演出でたちまち格闘技ファンたちの人気をさらったということだ。

NG1と名づけられた大会は、私も聞いたことがあった。NGというのは、ニュー・ジェネレーションの略らしい。グローブをつけて戦う、キックボクシングのような格闘技大会だ。投げ技も認められているようだ。星野雄蔵は、格闘技ファンの間ではたいへんな人気者らしい。私も名前だけは知っていた。

彼の専属トレーナーを引き受けてほしいと言われた。もちろん、団体にはれっきとしたトレーナーがおり、フルタイムで練習に付き添っている。

私が呼ばれたのには、事情があるらしい。星野雄蔵の体は、かなり痛めつけられていた。とくに腰に爆弾をかかえていたし、左の膝を傷めていた。

膝に関しては私と同じだ。傷めた原因も私と同じだった。

ローキックによる損傷だ。ローキックは簡単でなおかつ危険な技だ。当たり所が悪ければ、私のように一生杖をつくはめになる。

星野は一流選手だ。体は馬のように鍛えてるはずだし、ローキックが来たらどうしたらいいかくらいは充分に心得ているはずだ。だが、長い間食らい続けていると、ダメージが蓄積することがある。

次の試合までに、腰と膝を何とかしてほしいというのが、先方の要求だ。整形外科の医者はさじを投げているという。鍼《はり》治療なども試したが、あまり効果がなかったそうだ。無茶な要求だ。

正直に言って、私は自信がなかった。だが、紹介してくれた劉昌輝の手前もあり、断ることができなかった。劉昌輝は、あまり機嫌を損ねたくない類の人間だった。

人間関係においても、経済原理においても、だ。

とにかく様子を見ようと、初めて横浜にある篤心館の道場を訪ねたのが、二週間前のことだ。膝裏に触ってみて驚いた。不気味なほど腫れあがっており、その奥にはごつごつとした異常な感覚があった。私はしばし絶望的な気分になった。

半月板が損傷していたし、靭帯《じんたい》もかなり傷んでいた。無理な練習や試合を重ねてきた結果だ。だが、無理をしなければ、海外の巨漢たちに勝ち続けることなどできなかったのだろう。

彼には勝つ使命があった。それは、篤心館に対する使命であり、館長に対する使命であり、日本の格闘技ファンに対する使命だった。

一種の生《い》け贄《にえ》のようなものだが、本人はそうは思っていないだろう。同情に値するかもしれない。

自信はないが、やるだけのことはやろうと思った。何より、私をその気にさせたのは、星野の人柄だった。

日本人ばなれした巨漢の持ち主だ。身長は百九十センチほどあるだろう。柔軟な筋肉が全身をくまなく覆っている。柔らかくしなやかな筋肉だ。その体格は威圧的だが、性格は驚くほど穏やかだった。

終始、はにかんだような笑顔を浮かべていた。言葉遣いも丁寧で好感が持てた。三十八歳の私に言わせると、今時珍しい若者だ。

どちらかといえば、引っ込み思案の性格かもしれない。あんなおとなしい男が戦いの世界に生きていることが不思議だった。

篤心館のトレーナーによると、星野は練習の虫らしい。放っておくといつまでも練習を続けているという。

さらに、リングに上がった星野は、おどろくほどの集中力を発揮するのだそうだ。

なるほど、粗暴なやつだけが強くなれるわけではないのだ。だが、どんな格闘技でも気が強いやつが頭角を現すのは事実だ。ツッパリがボクシングのチャンピオンになることがある。それがいい例だ。

おとなしい性格の星野がどれだけ苦労をしてきたかがわかる。本当に好きでなければできないことだ。

星野がリングで思う存分戦うために手を貸してやってもいい。私は、星野と話しているうちにそう思うようになっていた。

今日は四度目の施術だった。館長に出張治療の礼に食事をおごると言われ、断れずに焼き肉屋に行った。その帰りに、襲われたというわけだ。

襲われる心当たりなどなかった。

人間、どこで誰の恨みを買っているかわからない。しかし、複数で襲ってくるとなると、それなりの理由があるはずだ。彼らは車で待ち伏せをしていたようだ。計画的だったということだ。

人違いだろうか。

襲撃者たちは、一言も口をきかなかった。こちらが誰かを確認もしなかったのだ。あるいは、新手のオヤジ狩りなのだろうか。

襲撃者たちは、いずれも若い男だったようだ。体つきや身のこなしでそれがわかった。

腹が立ったがどうしようもない。油断した私が悪いのだ。

今度、エンジンをかけっぱなしで駐車している車を見たら気をつけよう。

そんなことを考えているうちにうとうとした。殴打されると、異常に体力を消耗する。気分は高ぶっていたが、疲労がそれを上回ったようだ。私は汗まみれのまま、重苦しい眠りに落ちた。

翌日目を覚ましたときには、体中がこわばっていた。ベッドから起きあがるどころか、体を動かすのも辛《つら》い。

しかし、午前中に二人、施術の予約が入っていた。断るわけにはいかない。大病院の医者とは違って、患者をないがしろにしては生きてはいけない。

辛いところがあればたいていは医者へ行く。腰痛やひどい肩こり、首の痛みなどは、整形外科ではなかなか治癒しない。何軒か医者を回った後に、ようやく私のような民間治療師の世話になろうという気になるのだ。

命に関わるわけではないが、本人には辛い症状ばかりだ。施術を断ったら、患者たちは絶望的な気分になるはずだ。

私は、とにかくありったけの気力を振り絞って起きあがり、ベッドを抜け出した。朝起きるときが一番辛いことは知っている。動き出して体がほぐれてくれれば、少しは楽になる。ポンコツ自動車のエンジンと同じだ。

襲撃者たちは、全身にまんべんなく打撲傷を残してくれていた。それが熱を持ち始めている。

私はうめきながらバスルームへ向かった。こんな姿は誰にも見られたくはない。一人暮らしでよかった。

鏡をのぞきこんでぎょっとした。知らない男が見返していた。だが、その人相の悪い男は残念ながら、私自身だった。

左目の回りに真っ黒いあざができている。顔面を殴られると、目の回りが鬱血《うっけつ》してかならずこのあざができる。

唇は腫れあがっていたし、左目は半分ふさがっていた。苦労して服を脱ぎ、バスタブの中に入る。

ぬるめの湯でシャワーを浴びた。時間をかけて湯を浴びると、ようやく体中のこわばりが少しばかり楽になってきた。

それから、私は徐々に湯の温度を下げていき、最後には冷水を浴びた。痛みやうずきが治まっていく。

しばらく冷水を浴びると、ようやく動けそうな気がしてきた。打撲傷は冷やすのが一番だ。

水を止めて全身をごしごしとタオルでぬぐうと、裸のまま施術室へ行き、棚から大判の湿布薬を取り出した。それをとくに痛みがひどいところに貼っていった。

軽い打撲傷ならば放っておいてもかまわない。

部屋に戻って施術用の白衣を身につけ、冷蔵庫から冷えた野菜ジュースのペットボトルを出して三分の一ほどを飲み干すと、ようやく施術ができそうな気がしてきた。

患者の一人は、五十代の腰痛持ちの男性。一人は、むち打ち症の四十代の女性だ。二人の施術を終えたときには、気力を使い果たした気分だった。

ぐったりと受付の椅子にもたれていると、赤城竜次《あかぎりゅうじ》が玄関に現れた。浅黒い顔。ずんぐりとした体格で、とくに首が太い。猪《いのしし》が服を着て歩いているようだ。

背広を着て髪をきちんと整髪しているが、普通のビジネスマンには見えない。いつも、不機嫌そうな顔をしている。彼は警視庁捜査一課の刑事で、しつこい腰痛に悩んでいる。

「先生、どうしたんだ、その顔は？」

同じことを患者たちにも尋ねられて、こたえるのが面倒だった。まさか、昨夜の傷害事件のことを調べに、本庁捜査一課の部長刑事がやってくるとも思えない。

赤城は、私が襲撃されたことを知らないはずだ。

「刑事相手に、転んだなんて嘘はやめてくれよ、先生。傷を見ればどうやってついたかは見当がつくんだ」

「襲われたんですよ」

私は言った。

嘘をつく必要はなかった。警察に届ける手間が省ける。

「襲われた?」

赤城は、玄関のドアを閉めた。勝手に待合室を横切って、施術室に入ってきた。受付のデスクは施術室と続いた部屋にある。

赤城が私の前に立った。

「誰にだ?」

「わかりません」

「どこで?」

「この建物の前です。バンが駐車していました。その中から男たちが現れて……」

「何人だ?」

「四人でしたね」

「どんな恰好をしていた?」

「ジーパンや、作業ズボンのようなものをはいていました」

「人相を覚えているか?」

私はかぶりを振った。

「みんな、目だけを出した黒いニットの帽子をかぶっていました。目出し帽とかいうんですか？」

　赤城は、大きく溜め息をついた。

「心当たりは、とか訊かないんですか？」

「何だって？」

「警察はたいてい、そう尋ねるんでしょう？」

「俺は無駄なことは訊かない。心当たりなんてないんだろう？」

「治療がうまくいかなかった患者さんに、逆恨《さかうら》みされたのかもしれない」

　赤城は難しい顔つきになった。何かを思案しているようだ。この男が考え事をすると、ひどく人相が悪くなる。

「また腰が痛むんですか？」

「ああ、腰は相変わらず痛い。だが、今日は治療してもらいにきたわけじゃない。訊きたいことがあったんだ」

「何です？」

「昨夜、劉昌輝の手下が一人殺された」

　別に驚かなかった。

　劉昌輝は、横浜に本拠地を持つ中華レストランのオーナーだが、裏社会の大物でもある。中国マフィアたちにも睨《にら》みを利かせている。

彼らの世界は、台湾マフィア、香港《ホンコン》マフィア、そして上海《シャンハイ》や福建省《ふっけん》あたりの中国本土のマフィアが入り乱れて、複雑な抗争を続けている。

「それで？」

「先生は、劉昌輝と親しい。何か知ってるんじゃないかと思ってな……。そうしたら、昨夜、襲われたという……」

「それが何か関係あると……？」

「先生は、劉昌輝の身内と間違えられたのかもしれない」

「劉さんは、私の患者です」

「自宅にもときどき行ってるだろう？」

「ただの出張治療です」

「だが、襲撃した連中はそうは思っていなかったのかもしれない」

私は何も言わなかった。劉昌輝の手下が殺されたことと、私が襲撃されたことが関係あるかどうか、まったく判断がつかなかった。

だが、赤城が言ったことも的はずれとは思えない。誰かが、勘違いをしたということも考えられる。劉昌輝と一緒にいるところを見られて、彼の身内と間違えられたのかもしれない。

だとしたら、いい迷惑だ。

「劉さんのところの人が殺されたという事件ですが……」

「ああ？」

「横浜で起きたんですか？」

「いや、新宿だよ。新聞に載っているはずだ。見てないのか？」

「今朝は新聞を読むような気分じゃなかったんです」

赤城は私の顔を見てうなずいた。たぶん私の目のまわりのあざを見ていたのだろう。

「それにしても……」

赤城は言った。「若い頃の先生なら、四人くらいどうってことはなかっただろうにね」

私は、今でも四人くらい平気だと言ってやりたかった。だが、この顔で言っても信憑性《しんぴょうせい》はない。

「誰だって年には勝てません」

「実戦空手の期待の星だったんだろう？」

「昔の話です」

私は、左膝を叩いて見せた。「今じゃ杖をついて歩いているんです」

赤城はうなずいた。

「一流のスポーツ選手が順番待ちをしている有名な整体師だ。膝を壊さなかったら、貧乏道場主で一生を終わったかもしれない。人生何が幸いするかわからん」

一流のスポーツ選手が順番待ちをしているというのは、ずいぶんと大げさな言い方だ。しかし、多くのスポーツ選手の面倒を見てきたことは事実だ。

実績もあり、野球やゴルフといったプロ・スポーツの世界でそこそこ名が売れていると自負している。腕一本の整体師は、実績だけがものをいう。

「午後の患者が来る前に、食事をしたいのですが……」

赤城は、また難しい顔をした。

「俺は引き上げるが、また刑事が話を聞きにくるかもしれない。今度来るとしたら、俺じゃない。別の刑事だ」

そのときは、もっと追及が厳しくなるという意味だろう。私は黙ってうなずいた。

赤城は、施術室を出ていった。

2

赤城にはああ言ったが、午後三時まで予約は入っていなかった。整体院を開いてはいるが、ここで治療する患者の数は限られている。

赤城が言ったように、スポーツ選手と契約で治療することが多い。今回の星野の件も特別というわけではない。

考える時間は充分にあった。食欲がなかったので、牛乳とバナナで昼食をすませた。

獣は、怪我をしたら、ものを食わずにじっとしている。そのほうが傷の治りが早いことを知っているのだ。腹が減ったときに食ったものは身になるが、食欲のないときに食ったものは毒になる。現代人は毒を食いすぎる。

私を襲った連中は、本当に劉昌輝の敵対勢力なのだろうか？

考えられないことではない。私は劉昌輝の自宅によく出入りしているし、外で一緒に食事をすることもある。

私は新聞を開いてみた。社会面に中国人男性が殺されたという記事が出ていた。小さな記事だ。

劉昌輝は新宿の歌舞伎町《かぶきちょう》にもチェーン店を持っている。その店の周辺で起きた事件だ。もしかしたら、会ったことがある男かもしれない。呉伯英《ごはくえい》という名だが、名前だけではわからない。まだ、二十三歳という若さだった。

新聞には、マフィア同士の抗争事件と書かれていた。劉昌輝がマフィアなのかどうか、私にははっきりしたことはわからない。そういう話を劉昌輝としたことがない。知る必要もない。私が知らなければならないのは、劉昌輝の体の具合だけだ。

中国のマフィアというのは、日本のヤクザと違って少々複雑な歴史背景を持っているようだ。秘密結社の流れを汲んでおり、古くからビジネスや政治の世界に組み込まれていた連中がいる。台湾の四海幇《スーハイパン》や竹連幇《チクレンパン》などがそうだ。

世界的に有名な中国の音楽家が、海外を旅行するときには、必ずこうした秘密結社の連中がさまざまな手配をし、密かに護衛を勤めると聞いたことがある。

一方で、地方農村部から都市部に流入した人々がマフィア化した。彼らは流氓《リュウマン》と呼ばれる。問題なのは、この新興勢力らしい。利益のためなら平気で人を殺すというのは、この連中の専売特許のようだ。

少なくとも、劉昌輝はこうしたチンピラ上がりではない。華僑《かきょう》という歴史的な背景を背負っている。

しかし、ひとくくりにマフィアと言ってしまえば、劉昌輝もその中に入ってしまうのかもしれない。

どういういきさつで抗争事件が起きたのかという点には興味はなかった。私には関係ない。

ただ、ここまで火の粉が飛んでくるのは、迷惑この上ない。ただそれだけのことだ。

もう一つ気になることがあった。

所轄の警察からは、まだなにも言ってこない。昨夜の「警察だ」という声。あれは、やはり警察官ではなかったようだ。誰かが機転を利かせたのだ。

だが、それは誰だったのだろう。私を救ってくれたのは確かだ。しかし、その後、私に手を貸そうともしないで姿を消してしまった。

ただたんに、面倒事に巻き込まれたくなかっただけなのだろうか？　それとも、他に理由があるのだろうか。

私は考えるのをやめることにした。

考えても仕方のないことは、考えないほうがいい。午後の患者が来るまで、ベッドで一休みすることにした。


「それでね、警察に届けようかと思ってるんだ」

施術台の上でうつぶせになり、笹本有里《ささもとゆり》は言った。

「警察？」

私は生返事をする。女子大生のおしゃべりに、本気で付き合う気にはなれない。

「そう。郵便受けに花が入っていたりするんだよ。どういうつもりなんだろ。こっちは気持ち悪くて……。ストーカーって、犯罪なんでしょう？　ちゃんと捕まえてくれるように法律ができたんだよね？」

どうやらストーカーにつけ回されているという話らしい。ひとしきり、私の顔に残された暴力の痕跡《こんせき》について、質問をしたり、勝手な想像を展開したりした後に、自分のことをしゃべりはじめたのだ。私がちゃんと質問にこたえないので、興味を失ったらしい。

笹本有里は、女子大で新体操の選手をしている。地区大会などでそこそこの成績を収めていた。小さい頃はバレーを習わされていたということだ。一時期は、大会でカメラ小僧の標的にされていると、文句を言っていた。今度はストーカーというわけだ。

新体操というのも、見た目よりずっと激しいスポーツだ。故障が絶えない。監督に頼まれ、彼女の体をメンテナンスするようになって、半年ほど経っている。

私がいい加減な返事を続けていると、有里は勝手にしゃべりはじめた。

「気がつくと、そいつがいるの。帰り道だとか、電車の中だとか……。こっちが見ると、知らんぷりするんだけど、みえみえなんだ」

「ほう……」

「何をするかわかんないでしょう？　ストーカーって。被害にあってからじゃ遅いもんね」

「ふむ……」

「先生、ちゃんと聞いてる？」

「効いていると思うが」

「こういうの、どうやって警察に届ければいいいんだろう？」

「電話すれば教えてくれるよ」

「一一〇番に？」

「一一〇番は緊急の場合だけだ。所轄の警察署に電話したほうがいい」

私は施術を終えて有里に着替えるように言い、カーテンを閉めて隣の部屋にやってきて受付のデスクに座った。そこで施術の記録をつける。医者のカルテのようなものだ。

着替えを終えた有里が待合室に出てきた。受付の窓越しにその姿を見た。施術していたときより、ずっと露出度が増えている。胸が大きく開いたタンクトップの上に薄手のシャツを羽織っている。黒い革のおそろしく短いスカートをはいていた。

新体操で鍛えた引き締まった長い脚を誇示しているようだ。

施術のときには、こちらで用意したTシャツと薄手のスウェットのズボンをはいてもらう。

ストーカーに狙われているというのなら、もっと服装に気をつけるべきだと思ったが、何を言っても中年男の説教になりそうなのでやめておいた。

有里は規定の料金を払って、きちんと礼をした。

「ありがとうございました」

体育会系は、こういうところで得をする。挨拶ができるだけで、好感を持たれるのだ。

有里が出ていくと、急にぐったりとした気分になった。打撲傷のせいで、少しばかり発熱しているらしい。

熱冷ましに生姜湯《しょうがゆ》でも飲もうかと思っていると、ふたたびドアが開いて、有里が飛び込んできた。

「忘れ物か？」

私は受付の窓越しに尋ねた。

「いるのよ」

「いる？」

「あいつ。ストーカー」

どうせ、大げさに騒いでいるだけだと思っていたが、ここまで来ているとなると放ってもおけない。

私は、杖を取り施術室を通って待合室へ出た。

「つけられたのか？」

「わかんない。あの角のところから、こっちを見ていたんだ」

私は、サンダルを引っかけて外に出た。有里がすぐ後からついてくる。

外はどんよりと曇っていて、まだ日の入りには間があるというのに、夕暮れが近づいているようだった。たしかに、最近急に日が短くなっている。どこかでキンモクセイのかおりがした。

路地の曲がり角にたしかに若い男が立っていた。角にはマンションがあり、その脇に電柱が立っている。その電柱の脇にいる。痩《や》せた男だ。ジーパンにチェックのシャツを着て、ベストを着ている。

私が顔を出すと、こちらに気づいてそっぽを向いた。僕はたまたまここに立っているだけで、あんたとは何の関係もない、というふりをしている。

有里が私の背後からそちらを覗き見た。左手で私の肘をつかんでいる。

「あいつよ」

そいつの服装を見て、私は心の中にきな臭いものを感じた。昨夜、私を襲った連中も彼と同じような恰好をしていた。

私は、そう思っている自分を嘲笑《あざわら》ってやった。あれは珍しくもない恰好だ。若い連中はたいていああいう服装をしている。襲撃を受けたことで、過敏になっているだけだ。

若者はどうしていいかわからないようにたたずんでいる。

　突然、有里が大きな声で言った。

「先生、いつもありがとう」

　彼女は、私の前に回りいきなり抱きついた。細く筋肉質だと思っていたが、意外にも柔らかでしなやかだ。

「何のつもりだ？」

「仕返し。見せつけてやるの」

「挑発することになるかもしれんぞ」

「だって、むかつくんだもん」

　有里は抱きついてきたときと同じくらい唐突に身を離した。見ると、ストーカー君は姿を消していた。

　有里が抱きつく前に姿を消したのか、それとも抱きつくのを見てからいなくなったのか、私にはわからなかった。

　もしかしたら、これで私があのストーカー君からいらぬ怨《うら》みを買うことになるかもしれない。若い女性に抱きつかれたという幸運と天秤《てんびん》にかけて、プラスになるのか、マイナスになるのか……。

「帰る途中で、何かあっても知らないぞ」

「先生に助けてもらうんだもん」

最近の若者は、総じて幼児化しているように感じられる。私が高校生だった頃、女子大生というのは、とても知的で大人だったような気がする。

年のせいでそんな気がするだけなのかもしれない。若さ故の思い込みということもある。

「杖をついた私が、どうやって若い女性の危機に駆けつけられるんだ？」

「先生ならできそうな気がする」

「大切なことを一つ教えてやろう」

「なあに？」

「人間には、不可能なことがたくさんあるんだ」

有里はにこりと笑った。大きくよく光る目が三日月のようになり、左の頰にえくぼができる。

「危なくなったら、携帯で電話するね」

大人の言うことをちゃんと聞かないのも、昨今の若い者の特徴かもしれない。有里は、手を振って、歩き去った。

整体院に戻り、受付のデスクに向かって座ったとたんに、ある可能性に気づいた。有里は、週に一度ここに通っている。ストーカー君は、以前からここを知っていたのかもしれない。彼が何者かに襲撃させたということも考えられる。襲撃者の中にストーカー君がいたという可能性もある。

ストーカーが、私を襲撃する理由などないと考えるのが普通かもしれない。だが、最近の若者は、私たちの常識では考えられない行動に出ることがある。

私たちの若い頃には、ストーカーなどという行為が問題になったりはしなかった。通学電車で見初《みそ》めた女の子がどこに住んでいるのか知りたくて後をつける、などということは珍しいことではなかった。だが、それが犯罪に結びつくことはなかった。

ストーキングなどという行為は、男らしくないという考えがまだ社会的に機能していたような気がする。今は、世の中全体が神経症だ。感受性の豊かな若者は、その病的な風潮の影響をまともに受けてしまう。

鬱屈した若者にとっては、私は許しがたいかもしれない。何せ、私は週に一度、有里の体に触れている。その事実だけが、彼の頭の中でどんどん膨らんでいき、私が憎しみの対象となる……。

私に害が及んでいるうちはまだいい。有里が被害者になることを考えると、どうにも耐えがたい気分になった。

「先生に助けてもらう」という彼女の一言のせいかもしれない。過剰な期待をかけられるのは、迷惑なものだ。

電話が鳴った。ぐったりと椅子にもたれていた私は、デスクの上の電話が百メートルも先にあるような気がした。

苦労して手を伸ばし受話器を取る。

相手は、雨宮由希子《あまみやゆきこ》だった。契約している電話秘書サービス会社の社長だ。彼女も、もともとは私の患者だったが、電話のために施術を中断しなければならない私を見て、かなり強引に契約を結んだ。

使ってみれば便利なもので、私はもっと早く契約すべきだったと、密かに思っていた。

「午前中は電話はありませんでした。午後に一件。星野雄蔵という方から。次の治療日を確認したいとのことです」

事務的な口調だ。その口調がよけいに女性的な魅力を強調していることを、彼女は自覚している。

私が礼を言って電話を切ろうとすると、彼女は、言った。

「肩こりがひどいの。頭痛もしてきたわ。治療していただけません？」

口調が変わった。

仕事の電話は終わりで、ここからはプライベートということなのだろう。

「いつがいいですか？」

私は、予定表を手元に引き寄せた。

「今日、これからはどうかしら？」

「かまいませんよ」

「じゃあ、五時でいい？」

「けっこうです」

本当のことを言うと、もう予約は入れたくなかった。傷はうずくし、立ち上がるのも億劫なほどだるかった。だが、患者の申し入れを断って食っていけるほどの身分ではない。

電話を切ると、少しだけ休もうと、奥の部屋へ行き、ベッドに横になった。嫌な汗が出ており、傷がうずく。

ちょっと横になるつもりが、いつしか眠ってしまったようだ。

待合室から私を呼ぶ、雨宮由希子の声で、目を覚ました。私は、自分を奮い立たせるために大きく深呼吸してから、起きあがった。

3

由希子は、私の顔の傷を見ても、眉をひそめただけで、何も尋ねなかった。最近の女性は皆若く見えるような気がするが、由希子はその中でも特別かもしれない。三十五歳の彼女は、五歳以上は若く見える。彼女は、身長が百六十センチで、私より十五センチほど低い。

ショートカットにしているが、活動的な印象を受けるよりも、知的な愛らしさが強調されているように見える。どんな髪型をしても似合うのだから美人というのは得だ。

今日は紺色のスーツを着ている。タイトスカートの丈はかなり短い。由希子は、結婚の経験もなく、仕事一筋に生きているが、男性社会に生きることの軋轢《あつれき》を、逆手にとって成功している。

つまり、彼女は自分の女性的魅力を仕事に活かすことをためらわないのだ。社長自ら飛びこみで営業をするらしいが、その際、ミニスカートだと成功率が断然違うことをよく心得ている。

活用はするが行きすぎた利用はしない。飢えた犬に餌《えさ》をちらつかせはするが、決して食べさせたりはしないということだ。

男たちはなめられているのかもしれないが、誰もそれに気づかない。たいていの男は、彼女と話をするだけで幸福な気分になってしまうようだ。

残念ながら、治療用の服装に着替えて私の前に横たわる彼女は、筋肉と骨だけの存在でしかない。仕事中の私の眼に入るのは、豊かな肉体の奥にある骨の歪《ゆが》みだけだ。

肩こりはストレスにさらされる現代人の宿命だ。由希子は運動不足を自覚しているというが、運動だけで解消できる肩こりはまだ軽傷といえる。

石のように緊張した筋肉は骨にしがみつき、骨は何とか引っぱられまいと頑張るのだが、耐えられずに位置を変えてしまう。まず筋肉をなだめすかしてから、骨をもとの位置に戻してやらなければならない。

治療に三十分かかった。

「もっと治療してほしいな……」

由希子はうっとりとした声で言った。

「これ以上やると、逆効果です。揉《も》み返しが出ますよ」

由希子は治療台の上に座ったまま、私を見つめた。

「先生、何か面倒事に巻きこまれていない？」

「顔の傷のことを言っているのでしょうが、こいつなら、私にも理由がわからないんです」

「それだけじゃなくって……」

私は由希子の顔を見返した。

「それだけじゃない？」

「誰かに監視されるような覚えはない？」

「監視？」

「外に変な男が立ってたわよ。何だかここを見張っていたみたい。まさか、刑事じゃないわよね」

「刑事に張り込みをされる覚えはありません」

「じゃあ、やっぱりその顔の傷が関係あるのね？」

「どんな男でした？」

「どこにでもいる、目立たない男よ。背広を着ていたわ。かなりくたびれた背広だけど……」

「若い男じゃないのですね？」

「公園でゲートボールをしている人たちに比べれば、若かったわね」

「ならば、この傷とは関係ないかもしれない。私を襲ったのは、もっとずっと若い連中でした」

「どういういきさつなの？」

「昨夜、横浜まででかけ、帰りが少々遅くなった。この整体院の前に車が停まっていて、その中から若い連中が降りてきた。そして、こうなった。それだけです」

「本当に理由はわからないの？」

「わかりません」

由希子はさっと肩をすくめて見せた。欧米人のような仕草だが、彼女がやると不思議と違和感がない。

由希子は、ニューヨークに留学していたことがある。留学といっても、ちゃんとした大学ではなく、英語の勉強にしばらく行っていただけだが、そこでちゃっかり電話秘書サービスのノウハウを仕入れてきた。学歴と頭のよさはかならずしも一致しない。

「食事に誘いたいところだけれど」

由希子が言った。「その顔じゃ外に出かける気にならないでしょうね」

「顔だけじゃなく、こういう傷が体中にあって、じつをいうと今にもぶったおれそうなんです」

「ちゃんと病院へ行ったの？」

坊主に教会へ行ったのかと訊いているようなものだ。

「骨には異常はないので、放っておけば治ります」

「夕ご飯に何か作ってあげられるといいんだけど、あたしの料理なんか食べると、傷がよけいに悪くなるかもしれないから……」

この言葉は謙遜《けんそん》ではないようだ。私はまだ由希子の手料理は食べたことがないが、世の中のほとんどの人間がまだ未経験なはずだ。彼女には料理をするという習慣がない。

だが、彼女の手料理なら、塩の代わりに砂糖をぶち込んだものでも食いたいという男たちがごまんといるにちがいない。

「どうせ、食欲がありません」

私は言った。

私が受付の部屋に行って待つ間に、由希子は着替えをすませた。待合室に出てきた彼女は、受付の窓越しに私に言った。

「元気になったら、ちゃんと食事に付き合ってね」

「光栄ですね。きっと順番待ちをしている男たちがたくさんいるでしょうに」

「あたしは、先生と食事に行きたいの。先生は気乗りがしないようですけどね」

「気乗りがしないなんてとんでもない」

「先生はもっと若い子が好きなのかしら？」

「若い子にだって、好きになれそうな子もいれば、そうでない子もいますよ」

「そういう問題じゃなくって……。たとえば、あの新体操の選手……。有里ちゃんていったかしら……」

「嫉妬しているというわけですか？」

由希子は唐突にほほえんだ。彼女の表情はくるくるとよく変わる。

「嫉妬は人生のスパイスよ」

彼女は出ていった。

私は、しばらく受付の椅子に腰を下ろして物思いにふけっていた。やがて、杖を手に立ち上がると、玄関を出てそっとあたりをうかがってみた。

由希子が言っていた男が、まだそのへんにいるかもしれない。

夕暮れの風景。ビルとビルに切り取られた都会の空も、秋の色をしている。すっきりとした淡色の青だ。夕焼けが毒々しいまでに美しい。黄金の縁取りを持つ、深紅の雲。マンションの陰になり太陽そのものは見えないが、ビルが橙《だいだい》色に染まっている。

薄暮の路地に、怪しい人影はなかった。赤城が刑事を手配したのだろうか。

私は、また自らの信条に従うことにした。考えてもしかたのないことは、考えない。

寝室に行って、ベッドに横たわり、由希子のことを考えていた。身にある光栄とはこのことかもしれない。私も独身で、彼女も独身。年齢は三つ違い。二人が付き合う障害は何もないように見える。だが、障害は私の心の中にある。

昔、能代郁子《のしろいくこ》という女がいた。私と同じ年だったが、二十五歳までしか生きられなかった。

私は当時、あるフルコンタクト空手の道場に通っており、世界大会に出るのを夢見る単純な若者だった。

流派の世界大会に出る人間は、この世の誰よりも偉いと錯覚し、その大会が人生のすべてだった。若さというのは、ときに残酷なものだ。

私と能代郁子は付き合っていたが、私は自分のことで精一杯だった。毎日練習で疲れ果てており、他人のことを気づかう余裕などなかったのだ。

そして、郁子は自殺した。

原因はいまだによくわかっていない。

自殺の理由など誰にもわからない。おそらく死んだ本人にもわからないはずだ。郁子は精神的に不安定なところがあった。おそらく、私にもう少し他人を思いやる気持ちがあれば、彼女の何らかのサインに気づいたはずだ。郁子は私に救いを求めていたにちがいない。私はそれを無視したことになる。

私が郁子に最後に言った言葉は決して忘れることはないだろう。

試合の直前に私はこう言ったのだ。

「頼むから、俺の邪魔をするな」

その翌日、郁子は死んだ。

そして、その年の大会の予選で私はローキックを食らい、膝を壊された。

悲しいことに、郁子を失った実感が湧いてきたのは、自分自身の目標を失った後のことだ。私は自分の愚かさ、非情さが許せない。

膝を壊して足を引きずるようになった私に、フルコンタクト空手を続けられるはずはない。世界大会で活躍するという夢は永遠に失われた。

私は流派を去り、孤独を噛みしめていた。本当に郁子のことを考えたのは、そうした日々がやってきてからのことだった。

郁子は何かに追いつめられていたにちがいない。だが、もうそれを聞いてやることはできなかった。

私はそれ以来、女と付き合っていない。

郁子が死んだのは、私のせいではないと言ってくれた人もいた。過去のことは忘れろと言った人もいた。

だが、私は自分を責めずにはいられなかった。郁子を失い、空手という目標を失った私は、自暴自棄の生活を送ることになった。

やがて、私は東京にいることが耐えられなくなった。私を知っている人間が大勢いるということが我慢ならなかったのだ。

なけなしの金をかき集めて、沖縄に旅立った。空手に裏切られてもなお、空手の発祥の地に対する憧れがあった。

だが、旅に出たからといって簡単に立ち直れるものではない。旅の孤独が、また郁子のことを思い出させた。大切なものは、失ってから気づく。

私は、沖縄でほとんど死にかけていた。生きる気力をなくし、昼から泡盛《あわもり》をあおり、ホームレスの生活を送っていた。

私を立ち直らせてくれたのは、具志川《ぐしかわ》に住む古老だった。流れ流れて沖縄本島中部の太平洋岸にある具志川市までやってきた私は、上原正章《うえはらせいしょう》という老人と出会った。

この老人は農夫だったが、やはり毎日、日が高いうちから酒を飲んで暮らしていた。飲んだくれが飲んだくれを哀れんだのだ。

私は上原老人のおかげで、路上や草むらで寝なくてすむようになった。さらに私にとって幸運だったのは、この老人が幼い頃から空手を学んでいたということだった。

沖縄の古い空手だということだった。老人はショウリン流と言ったが、どういう漢字を当てるのかは知らないと言っていた。

後から知ったことだが、現在沖縄には松林、小林、少林などの字を当てる流派がある。さらに少林寺流という流派もあるそうだ。

それらすべての源流となった古流の空手に昭林《しょうりん》流というものがあり、上原老人が学んだのは、どうやらその流派らしい。

それは、私が知っていた空手とはまったく別物だった。私にとって空手というのは、通っていた会派のスタイルがすべてだった。パンチとキックのコンビネーションを練習し、実際にどつきあいをするスタイルだ。

上原老人の空手は、猫足立ちという独特の立ち方を基本にした護身の術だった。さらに、空手は棒術とともに伝わったものだと教えられた。

膝を壊して空手を諦《あきら》めたと私が言うと、上原老人は笑った。

膝が悪いの、腰が悪いのと言っていたら、この年寄に空手ができるはずがない。

彼はそう言ったのだ。

その一言に、私はふたたび目の前が開けていくような気がした。そのときの気分は一生忘れないだろう。

それから、居候を続け、空手と棒術を習った。さらに、老人は、ショウリン流に伝わる整体術を教えてくれた。

私は、どん欲にそのすべてを学んだ。

いつしか私は、琉球《りゅうきゅう》古流の空手という今までとはまったく別の武術を身につけていた。東京に戻った私は、整体の勉強を続け、さらには鍼灸《しんきゅう》師とマッサージ師の資格も取った。

スポーツ医学を学び、看板を出したのは、つい五年ほど前のことだ。今ではそこそこ食えるようになっている。

私が使っている杖も、上原老人が教えてくれた棒術を基本にして考えたものだ。

沖縄の棒術は、基本には六尺棒を使う。長さ百八十センチばかりの長い棒だ。古い空手の型の中には、棒術を知らないと理解できない動きがたくさん含まれているという。

日本の古武道にも棒術があるらしいが、琉球の棒術とはずいぶんと違うものらしい。もともと、日本の棒術は、先折れ棒といって、穂先を切り落とされた槍《やり》を活かすために考案されたものだという。

愛知県などの地方の祭りに棒踊りというものが残されているというが、これも基本は槍だろう。

だから、棒を槍のように構える。だが、琉球の棒術では、棒を左右の手で三等分して持つ。

六尺棒に長ずれば、しだいに武器を短くしていくことができる。短い武器でも六尺棒と渡り合えるようになるのだ。

上原老人は、自分の流派の歴史などについてはほとんど知らない様子だった。ただ、先達から技を伝えられたにすぎない。私は、東京に戻ってから興味を持ち、調べた。もともと、沖縄の空手は、昭林流、昭霊流《しょうれい》という二つの流派から始まったものらしい。昭林流は泊《とまり》や首里《しゅり》のあたりで発展し、首里手、泊手と呼ばれることもある。一方、昭霊流は、那覇地方で発展したため、那覇手の異名を持つ。昭林流は、多くの流派に分かれた。昭霊流は、剛柔流や上地流のもとになった。

棒は古くから行なわれ、おそらくは空手の歴史より古いだろう。沖縄の各地に今でも棒の手が伝えられているが、体系化されてはいないようだ。棒の手は、それを得意とした古老の名で呼ばれる。知念志喜屋仲《ちねんしきやなか》の棍《こん》、徳嶺《とくみね》の棍、佐久川《さくがわ》の棍、津堅《つけん》棒などと呼ばれる棒の型が伝えられているが、いずれもそれを得意とした人の名だ。

私の杖は、三尺二寸の長さだ。約一メートルだ。びわの木でできている。古来、木刀を作るのにもっともいいのがびわだとされてきたらしい。それを聞きかじった私は、武道具店に頼んで特別にあつらえてもらったのだ。

上端に十センチばかりの横棒をしっかりと取りつけ、細長いTの字をしている。その部分が普段は握りになる。

今では、郁子のことを夢に見ることもなくなった。しかし、忘れたわけではない。

あのときの自分への怒りも忘れることはないだろう。沖縄の風景については、不思議なほど何も覚えていない。おそらく、風景など見ていなかったのだろう。

私は自分の内側だけを見つめていたにちがいない。あれ以来、沖縄には行っていない。上原老人はまだ元気で暮らしているらしく、盆暮れの挨拶だけは欠かしていない。

日常の雑事にまぎれて、なかなか訪ねに行けずにいる。もし、上原老人が他界するようなことがあれば、私はまた大切な人を失ったことを後悔するのかもしれない。ときおり、それを思うとたまらなくなり、沖縄に飛んで行きたくなる。

近いうちに、かならず行こう。

そのときは、沖縄をなつかしいと感じるのだろうか。

翌朝には、また体のこわばりをほぐすためのシャワーの儀式をやらなければならなかった。

だが、たしかに快方に向かっている。軽い打撲傷は気にならなくなってきたし、顔の腫れも引いてきた。

目の回りのあざが消えるのにはあと数日かかるだろうが、痛みは見た目ほどひどくはない。

午前の予約を確認してから、外の様子をうかがってみた。

由希子が言った男がいるかもしれないと思ったのだ。赤城が手配した刑事なら、心配はない。赤城の関心は、劉昌輝だ。

だが、そうでない場合もある。

たんなる人違いだったと思いたい。だが、楽観視はしばしば命取りになる。

玄関から見たかぎりでは、怪しい人影はない。いつしか、ビルの陰影がくっきりとしてきている。季節のせいだ。

秋になると、風景からベールを一枚はがしたように感じられるのを、いつも不思議に思う。湿気がなくなるせいなのだろうか。

私はサンダルを引っかけ、杖をついて散歩がてら整体院の周囲を見回ることにした。今日も残暑が厳しいとテレビの天気予報で言っていたが、真夏とは、確実に空気が違ってきている。

ビルの前の路地を往復し、消防署がある通りまで出た。路地に佇《たたず》んだり、電信柱の影に隠れたり、停めた車の中であんパンと牛乳で食事をしているような者は一人もいなかった。

由希子の勘違いということもある。だが、警戒するに越したことはない。患者に迷惑がかかることがあってはならない。

有栖川記念公園のあたりは、これからさらにいい季節になる。夏の間むせかえるほどにいきいきとしていた木々の緑が、しだいに落ち着いた色合いになり、やがて、秋の日差しがあたりを黄金色に変えていく。

十年ほど前には、季節の移り変わりを楽しめるようになるとは思えなかった。時が人を救う。

サンドバッグやリングのマットに染み込んだ汗のにおいは、今でもかすかに私の血を熱くさせる。

4

篤心館本部道場は、空手の道場というよりボクシングジムを思わせた。大小のサンドバッグが三本ぶら下がっており、中央にリングがある。シャドーをやるための鏡もあった。

門下生は、空手着ではなく、Tシャツ姿で練習をしている。このほうが、大衆の持つ空手のイメージに近いかもしれない。

私もかつてはそう感じていた。だが、今では、空手という言葉そのものの意味が違うと思っていた。

もちろん、篤心館のやっていることを非難するつもりはない。彼らは空手をやっていると信じているのだろう。あれも空手、これも空手、それでいい。

少なくとも、星野雄蔵は純粋に取り組んでいる。私はその手助けをしたい。

私は、篤心館のトレーナーとともにリング上の星野雄蔵を見つめていた。

星野は、ヘッドギアとグローブをつけて軽いスパーリングを行なっている。

左ジャブのダブルから、すぐさま右のフック。そして、右のローキックへとつなぐ。その流れるような動きは美しかった。どんな種目であっても、熟達した運動選手の動きは滑らかで美しい。

私は、星野の全体の動きに注意していた。膝が悪いからといって膝だけを見ていても何もわからない。部分の故障はかならず全体のバランスに表れる。

「悪くないだろう?」

篤心館のトレーナーが言った。自分の手柄のような言い方だ。五十歳すぎの太り気味の男で、誰もがある諺《ことわざ》を思い出すはずだった。医者の不養生。紺屋の白袴《しろばかま》。

中島恒彦《なかじまつねひこ》という名のこのトレーナーは、私に対して面白くは思っていないはずだった。専属トレーナーを差し置いて、よそからトレーナーとして呼ばれてきたのだ。

彼の自尊心は傷ついているかもしれない。だが、私は気にしないことにした。私は、中島のために契約したのではない。

「右のローの踏み込みが甘いですね」

私は、星野を見つめたまま言った。中島の顔は見たくなかった。「ひねる動きが辛いのでしょう。パンチの切れはいいので、踏ん張りは効くようですね」

私の眼は、星野の動きを追っていたが、中島がかぶりを振るのを視界の隅に捉えていた。

「右のローが甘いのは、昔からの星野の弱点だ」

意見の食い違いだ。

「左の膝をかばわなくなれば、もっと強烈なローを打てますよ。私は膝を治療する。あなたは、ローキックを指導する」

「技術の指導は俺の役目じゃない。それは、館長の仕事だ」

私が役割を奪ったと言いたいのだろうか？　私は何も言わなかった。

中島は、ゴングを鳴らした。

星野はスパーリングパートナーと軽くグラブを合わせてコーナーに戻ってきた。息も切れていない。体調自体は悪くないらしい。あとは膝だけだ。もともと、腰も膝をかばっているうちによけいな負担がかかって傷めたようだ。膝を少しでも快方に向かわせなければならない。

中島は、星野に言った。

「フットワークが悪い。ロープワークを倍に増やすんだ」

　星野が救いを求めるように私を見た。私は中島に言った。

「それはだめです」

　中島は、私を見つめた。白いものが混じった髪にパーマをかけているが、それが落ちかかって乱れている。うっすらと無精ひげが伸びていた。はれぼったいまぶたの奥に厳しい眼があった。

「だめとはどういう意味だ？」

「今は、過度な膝への負担が命取りになります。だましだまし練習をしていかないと……」

「そんなことをして、本大会に間に合うと思っているのか？　あと一カ月もない。今は、徹底的に体をいじめて、最後の一週間で休息をとりながらコンディションをベストに持っていく。それが、俺のやり方だ」

「けっこう。しかし、私は彼の膝に責任があります」

「靭帯《じんたい》が痛んでいるのだから、周囲の筋肉で補強しなけりゃならん。それくらいはスポーツ医学の常識だろう」

　ここで中島を怒らせても何の得もない。しかし、間違ったことをやらせるわけにはいかない。

「筋肉で補強するという考えは間違っていません。だから、関節に負担にならない筋トレのメニューを彼に渡してあります」

「俺は聞いてない」

私は、星野のために折れることにした。

「それは私の落ち度でした。今後はすべてのメニューを報告するようにします」

「いいか？ トレーニング・メニューを作るのは俺の仕事だ。あんたは、星野の膝の治療をしていりゃいい。たかがマッサージ師だろう」

「整体師です」

「たいした違いはない。俺は、俺のやり方でずっとやってきた。キックボクシングのジムで何人も選手を育ててきたんだよ」

「彼らの選手生命を調べてみたいですね」

中島が眼をむいた。

彼が何か言う前に、星野が言った。

「自分、上がる前にロープワーク、やっときます。たしかに脚のバネが落ちてる気がするし……」

「いいんです」

私は言った。「中島さんだって、冷静になればわかるはずです。過度のロープワークは今のあなたの膝には、負担になるだけです」

そのとき、中島のポケットの携帯電話が鳴った。私は救われたような気分になった。

「今、ちょっとまずいんだ」

電話に出た中島は言った。

私は聞かぬ振りをして、星野に言った。

「シャワーを浴びたら、治療をしよう。いつものところで待っている」

私は、稽古場の隅のマットを敷いた一画を指差した。星野はリングを降りて、一礼するとロッカールームに向かった。

私は、電話している中島のもとを離れた。声をひそめた中島がこう言うのを、背中で聞いていた。

「わかってる。来月には利息ぶんだけでも入れる。もう少し待ってくれ」

この業界で豊かなやつなど稀《まれ》だ。借金をしていても不思議はない。中島はキックボクシングのジムにいたと言っていた。あの世界も今は金がなくてたいへんだ。

腕のいいトレーナーやコーチが、職を失っている。脚光を浴びているとはいえ、この篤心館も経営は火の車にちがいない。中島がいい給料をもらっているとは思えない。

彼の経済状態については同情の余地はある。しかし、選手に間違った指導をするのは許せない。もし、私が言ったことが彼の立場を悪くするとしてもだ。

中島にも言ったが、私には、星野の膝に対する責任がある。

星野の膝の腫れは、まだ引いていない。安静に保てればいいのだが、練習を休むわけにもいかない。

一日練習を休むと、それを取り返すのに三日かかると言われている。試合まで一カ月を切った星野に練習を休ませるのは、試合を捨てろと言っているようなものだ。

動き続けているので、炎症が治まってくれない。せめて、もう少し軽傷のうちに診せてほしかったと思う。だが、思っても仕方がない。

考えても仕方のないことは、考えない。私はまた自分に戒めていた。

炎症は鎮まるのを待つしかないが、周囲の硬直をほぐすことはできる。それだけで、血流がよくなって、治癒が早まる。自覚症状も軽くなる。

私は、中島の全身を念入りにマッサージし、骨格を調整した。不思議なことに、左膝を傷めていると、右の肘に異常が出ることがある。人間の体は常にバランスを取ろうとしているのだ。

その肘を治療すると、膝の治りが早まることがある。私はありとあらゆる方法を試みるつもりだった。

神頼みで治癒が早まるのなら、それもいい。だが、経験上、神頼みで怪我が治ったことはない。知識と観察と技術。それがすべてだ。

炎症を起こしている左膝には触れぬようにして、両脚をとくに念入りに治療した。最後にテーピングをしながら、私は星野に言った。

「いいですか？　治そうという気持ちと、治ると信じることが、治癒を早めます。私を信じて、毎日、治ると心の中で唱えてください」

星野ははにかむように笑った。

「先生、それ、この間もおっしゃってましたよ」

「大切なことは何度でも言います。この膝を治すのは私ではありません」

「でも、先生は責任を持ってくれるって……」

「私は手助けをするだけです。治すのはあなた自身の体です。動物の体というのは、いつでも異常を治したがっている。そして、その力を持っているのです」

星野は、生真面目な顔になってうなずいた。

「わかりました。毎日、治ると唱えます」

私は、キネシオテックスと呼ばれる伸縮性のある治療用のテープを鞄《かばん》にしまった。

「先生……」

星野が、呼びかけた。見ると、何か言いづらそうにしている。

「何です？」

「中島さんには、世話になっているんです。あの人、悪い人じゃないんです」

私は星野が安心してくれるのを期待して、ほほえんで見せた。

「わかっています。逆の立場なら、私も中島さんのような言い方をするでしょう」

「あの人も優秀なトレーナーなんです。自分は、あの人がつくようになってから試合で勝てるようになったんです」

その無理が、今祟《たた》ってるのかもしれない。そう思ったが、私は何も言わなかった。試合に勝つということが、星野のような選手にどれほど大切なことかわかっていた。

かつて、私もそうだった。

私はうなずいて、星野のもとを去った。

道場を出る前に、中島に挨拶をしようと思った。中島のためではなく、星野のためだ。

治療が終わった旨を伝えると、中島はちらりとこちらを見て、ただうなずいただけだった。

私は道場を出た。


篤心館本部は、横浜桜木町から歩いて二十分ほどのところにある。もっとも、私の足では十分ほどよけいにかかる。港のそばの古びた街で、ひどく殺風景なあたりだ。倉庫とビルの間から、みなとみらいにある大観覧車が見えている。ほんの一キロ先に近未来的なみなとみらいの街並みがあるのが信じられない。桜木町駅からみなとみらいにかけては、整備された広い道路が伸び、魚のひれのような形をした奇妙な巨大建造物が建ち並ぶ。だが、篤心館のあるあたりは、錆《さび》の色がこびりついた昔ながらの街並みだ。道場は古い倉庫を改築したもので、外観はほとんど倉庫のままだった。

今日は、館長が打ち合わせで出ているとかで、前回のように食事に誘われることもなく帰路につけた。

横浜の港もかつては賑《にぎ》わっていたのだろうが、今はさっぱりだ。日が暮れると、すっかりと人通りがなくなる。道場を出たのは、九時すぎだった。

篤心館本部から桜木町駅に向かう間は、かなりうら寂しいが、いつもリハビリのために歩くことにしていた。道路は一車線で、歩道には街路樹が並んでいる。何という木なのか、私にはわからない。

潮のにおいをかすかに感じながら歩いていると、背後から車が近づいてくる音がした。私は振り向いた。そのとたん、全身に緊張が走り、首筋の毛がぴりぴりとした。

黒っぽいバンが近づいてくる。私は周囲を見回した。人通りはない。

同じようなバンなどいくらもある。先日の襲撃者が乗っているバンとは限らない。

私は何事もなく通りすぎてくれと祈った。だが、その祈りは神にあっさりと無視された。

バンは車道に急停車した。それと同時にスライドドアが開き、またしても黒い目出し帽で顔を隠した男たちが降りてきた。

今度は、五人いた。前回より一人多い。失敗に学ぶことを知っている相手らしい。

私は、心臓が高鳴るのを感じていた。鼻の奥にかすかに有機溶剤のようなにおいを感じる。

極度に緊張したり、恐怖を感じたときに、ときおりそうなる。アドレナリンのにおいかもしれない。

たしかに恐怖を感じていた。

まだ、前回の傷は完全に治っていない。暴力は恐怖を募らせる。一度暴力を受けると、臆病になるのだ。だが、同時に怒りも感じていた。前回の借りを返したいという気持ちもある。

私は、杖を握る手に力を入れた。杖は生命線だ。この杖を失ったら、今度こそただではすまない。

命に関わるかもしれない。

彼らは、無駄なことはいっさいしなかった。

最初に降りてきたやつが、一言も発せずに打ちかかってきた。特殊警棒だ。前回、私の肩と右の大腿部《だいたいぶ》を殴ったのはこいつだろう。

あれこれ考えている暇はなかった。

私は、右足をわずかに横にスライドさせて最初の一撃をかわした。

同時に、杖を振った。

杖の先端が相手のこめかみを捉える。完全なカウンターになったので、相手はよけることもできなかった。

　こめかみを痛打された相手は、一瞬動きを止めた。私は狙い澄まして杖を相手の鳩尾《みぞおち》に突き出した。狙い通りに決まった。杖は十センチ以上鳩尾にめり込んでいた。

　特殊警棒を取り落とし、体をくの字に折り曲げたまま、地面に崩れ落ちた。

　後ろで人が動く気配がした。いつの間にか一人が後ろに回り込んでいた。私は、左の脇に杖を抱えるようにして、右手で後方に突き出した。したたかな手応え。杖の切っ先が人間の肉体に突き立った感触が伝わってくる。ぐう、というくぐもった悲鳴が洩れた。

　私は振り向きざまに握りの部分を相手の頭部に叩き込んだ。二度目の襲撃だ。容赦することはない。空気を切り裂く音がした。突然、何か熱いものを押しつけられたように感じる。

　見ると、ジャケットが切れて血が滲《にじ》んでいた。熱いと感じたのは、刃物で切られた感触だった。

　人間は眼で確認しないと、痛みや熱さという刺激を区別できない。

　大振りのサバイバルナイフを構えたやつがいた。もう少しで頸動脈《けいどうみゃく》を切り裂かれるところだった。前回とは違う。私は感じた。少なくとも前回は、刃物は使わなかったのだ。

まだ切られた痛みは感じない。だが、傷がどれくらい深いのかわからず、不安だった。自分の血が流れ出すのを見ると、恐怖に腰が浮き上がるようだ。

他の二人も刃物を出していた。やはりサバイバルナイフだった。

私は、杖を右手に持ち替えた。人差し指と中指の間に杖を挟むように握りを持つ。そうしておいて、杖を大きく振りはじめた。体の左右で交互に杖の先端が円を描く。杖が空気を切る音が響く。

同時に私はフイゴのような音を聞いていた。それが自分の呼吸の音であることに気づいた。私は、横8の字に杖を振りながら、じりじりと前に出た。刃物を相手にしたときは、下がったら大怪我をする。

私は、上原正章《せいしょう》からそう教わっていた。

どんなに恐ろしくても前へ出ろ。上原老人はそう言った。

三人は私を取り囲んでいる。前に一人、後ろに二人。私は、前の一人に迫っていった。私の上腕を切り裂いたやつだ。その男は、気圧《けお》されるように一歩下がった。

私は、さらにわずかに前に出た。

相手が隙《すき》をうかがってるのがわかる。

私は左膝に向かって心の中で言っていた。頼むから、もう少しもってくれ。

正面のやつが、突然、突っ込みながらナイフを袈裟《けさ》懸けに振り下ろしてきた。私は、杖を翻して真横に振った。それが、相手の頭部を正確に捉えた。固いものを打った音が響く。相手は横に吹っ飛んだ。だが、私も胸のあたりを切り裂かれていた。

ほぼ同時に後方から二人が突っ込んできた。ヤクザ者がやるように、腹にナイフを構えて体当たりしてきたのだ。私は、それを視界の隅に捉えた。かわせない。そう思ったとき、私の体は地面に転がっていた。無意識に体が動いていた。

一人は勢い余って私の体につまずき、前方に投げ出された。私は、かろうじて踏みとどまった一人の股間に、地面から杖を飛ばした。今度は柔らかいものをしたたか打ちつけた感触が伝わってくる。

その男はひとたまりもなく悶絶した。

私につまずいた男が起きあがってきた。私はまだ起きあがれずにいた。ナイフを逆手に持ち替えている。上から私の体目がけて切っ先を振り下ろそうというのだ。

私は、夢中で杖を振った。逆に持って、握りの部分をハンマーのように相手の膝に叩きつけようとした。

外れた。

興奮して力んだせいだ。狙ったところに杖がいかない。相手がかざしたナイフが街灯で青白く光った。私は咄嗟《とっさ》に左足で相手を蹴っていた。膝に激痛が走る。たいしたダメージは与えられなかった。ふたたびナイフが襲ってくる。私は、杖を握り直し、相手の膝を狙った。

力を抜け。力を抜いて振り抜いたほうが、威力が増す。私はそう自分に言い聞かせた。

手首にしっかりした衝撃が伝わってくる。次の瞬間、相手は押し殺した悲鳴を洩らして地面に転がった。

膝蓋骨《しつがいこつ》にひびくらいは入ったかもしれない。だが、そんなことにかまってはいられない。

私は、次の攻撃に備えてずるずると尻で後退した。左膝が痛んで立ち上がれない。すでに戦闘力をなくしている者が三人いた。比較的ダメージの少ない特殊警棒の男が何かの合図をした。

襲撃者たちは、バンに引き上げた。

私は、走り去るバンの赤いテールを見つめていた。

そのとき、自分が激しく歯ぎしりをしているのに気づいた。戦いの興奮が去ると、恐怖がどっと襲ってきて、激しく震えはじめた。胃袋が収縮して地面に吐いた。どんな猛者《もさ》でも、ナイフを持った連中に襲われれば、恐怖に震える。まして、私は道場の試合の経験しかない。実際の暴力と試合は違う。

体をささえようとして、右の上腕部《じょうわんぶ》の激しい痛みに気づいた。ナイフの傷が猛烈に痛みはじめていた。

見ると、右袖も体の前も血まみれだった。

体の震えがいっそうひどくなった。左膝も痛んだ。

激しく汗をかいていた。顔からぼたぼたと流れ落ちる。それがシャツの血に混じった。

汗といっしょに全身の力が抜けていくような気がする。

ひどく寒かった。気温はそれほど低いわけではない。それでも私はがたがたと震えつづけている。

誰も通りかからない。通りかかったとしても、関わり合いになるのを嫌がるだろう。

私は、携帯電話を取り出し、一一九番に電話した。

5

私は、翌日の治療をすべてキャンセルしなければならなかった。この整体院を開いて以来初めてのことだった。

何もする気が起きず、ベッドに横たわっていた。昨夜のことを何度も思い出していた。

救急車が来るまでの間、私はもう死ぬのではないかと思っていた。

衣服は血まみれだったし、激しい震えが止まらなかった。

だが、怪我はそれほど重いものではなかった。腕を五針縫われた。胸の傷は浅く、包帯を巻かれただけだった。

問題は心理的ショックだったのだ。刃物で切りつけられた恐怖が、生理的機能を狂わせていた。医者が警察に連絡をして、私は病院で神奈川県警の事情聴取を受けた。

制服を着た警官に、心当たりはあるかと尋ねられ、ないとこたえた。

これは嘘ではない。本当に、襲撃者が何者かわからなかった。以前に一度同じ連中に襲われていることは言わなかった。

言うとさらに面倒な質問をされると思ったのだ。警察官は、オヤジ狩りかもしれないと言った。

オヤジと言われて、少なからず傷ついたが、抗議はしなかった。自分の見た目についてあれこれ言える心理状態ではなかった。

病院でついでに左膝のレントゲンを撮ってもらった。骨には異常はない。靭帯《じんたい》も無事だった。だが、まだかすかに痛みが残った。

どうして、咄嗟に左で蹴ってしまったのだろう。私は、自分の愚かさを呪った。現役選手時代、左の蹴りが得意だった。それがまだ体に染みついているのかもしれない。

玄関のチャイムが鳴った。私は無視しようとした。休診の札は出してある。

だが、チャイムの音はしつこかった。しまいに来訪者はドアを叩きはじめた。私は、呪いの言葉をつぶやいた。ベッドから起きあがり、杖を取った。

インターホンの受話器に向かって言った。

「今日は休診です。札が出てるでしょう?」

声に、不機嫌さを充分に滲《にじ》ませたつもりだった。

「先生、ひどい夜だったそうだな?」

赤城の声だった。

私は舌打ちをしてから、玄関に向かった。ドアを開けると、赤城の仏頂面が見えた。不機嫌さでは私の上をいっているようで、私は少しばかり気後れしていた。

「だから」

私は言った。「ゆっくり休みたいんです」

「話を聞いたらすぐに退散するよ。ちょっと、いいか?」

いいも悪いもない。赤城はすでに玄関に入り、靴を脱ごうとしている。私は抗議を諦《あきら》めて、彼を施術室に招き入れた。

赤城は、施術台に腰を下ろし、私は受付のデスクからキャスターつきの椅子をひっぱってきて腰を下ろした。

赤城は無駄なことは言わなかった。

「先日と同じ連中か?」

私はうなずいた。

「おそらく……」

「今度は刃物傷だってな？」

赤城がどうやって知ったかはわからない。警察の情報網というのはばかにできないということだ。

「五針縫いましたよ」

私は右の上腕部を左手でさすった。傷はうっすらと熱を帯びている。胸の切り傷も同様だった。

「本当に心当たりはないのかい？」

「ありません」

「刃物で切りつけられたとなると、ただごとじゃねえ」

「前回の襲撃だって、私にとってはただごとじゃありません」

「相手が本気だってことだ。ただの脅しじゃねえかもしれねえ」

「赤城さんは、劉さんとの関係を考えているんでしょう？」

「そうだ。だが、そうでない場合でも、先生が危ないとなれば黙ってはいられない」

「警察がそんなに親切とは思いませんでした」

「個人的な問題だ。先生に何かあれば、俺の腰を治療してもらえなくなる」

「ありがたいお言葉ですが、整体院やマッサージは他にいくらもありますよ」

「先生ほどの腕の整体師にはまだ出会ったことがない。なあ、先生。何か見落としているということもある。先生がどんなにつまらないと思うことでも、参考になることがある。考えてみてくれ」

じつはそのとき、私は笹本有里のストーカーのことを思い出していた。

「本当に見当外れかもしれませんよ」

「かまわねえ。話してくれ」

「うちの患者で、笹本有里という女子大生がいます」

赤城はうなずいた。

「知ってる。新体操界の選手だろう？　待合室でいっしょになったことがある」

「ストーカー被害にあっていると、彼女は言っていました。そのストーカーらしい男が、この整体院のそばまで来ていました」

「その男を見たのか？」

「ちらりとですが……」

「それで、どう思った？　先生を襲った奴らと関係がありそうだったか？」

「わかりません」

「襲撃者の中の一人と、背格好が似ていたとか……」

私は、否定の意味を込めて首を傾げた。

「赤城さんは、襲われたことがありますか？」

赤城は、ちょっと驚いたように私を見た。

「襲われたことはねえな……」

「相手が皆、妙に大きくたくましく見えるんです。ストーカー君は、ひ弱で情けない男に見えました。しかし、これは私の印象であって、どこまで事実を伝えているかわかりません」

赤城は、私を睨《にら》みつけるように見つめていた。何かを考えているらしい。

やがて、彼は無言でうなずいた。

私はなぜだか、赤城に申し訳ないような気分になり、つけ加えた。

「ただ、年齢的には近いような気がしましたね」

「いくつくらいだ？」

「襲撃者たちもストーカー君も若い男たちです。おそらく二十歳前後でしょう」

「先生を襲った連中は覆面をしていたんだろう？」

「顔を見なくても、体つきや身のこなしでだいたい年齢はわかります。私は整体師ですからね」

「わかった」

赤城は言った。「所轄に頼んで、ストーカーのことを調べてみよう」

事件がらみでないと、警察はストーカーなどには本気で関わってくれない。私は、それを知っていたが、よけいなことを言って赤城を刺激するのはよそうと思った。

「他に何か心当たりは？」

「今のところ、思いつくのはそれくらいですね」

「何か忘れていることがあるはずだ」

私はかぶりを振ってから、ふと思い出した。

「この整体院に張り込みをつけたりしていますか？」

「何だ、そりゃあ？」

「刑事の張り込みです」

「警察はそんなに暇じゃねえよ。どういうことだ」

「別の患者が、このあたりで怪しい人物を見かけたというのです。この整体院を見張っているようだと言っていました」

「どんな男だ?」

「患者の口振りからすると、中年男のようです。詳しいことは聞いていません」

「その患者というのは?」

私は一瞬、教えるべきかどうか躊躇《ちゅうちょ》した。だが、守秘義務にかかわる事柄でもない。

「雨宮由希子。『パックス秘書サービス』という名の、電話代行会社の社長です」

「『パックス秘書サービス』だな」

赤城は、手帳を取り出してメモを取った。警察官が目の前でメモを取ると、わけもなく落ち着かない気分になる。

「その後、劉昌輝とは会ったか?」

「いいえ」

「悔やみを言いに行かねえのか?」

「劉さんは、たんなる患者だと言ったでしょう」

赤城は何も言わずにうなずいた。

だが、そうでないことを、赤城も私も知っていた。劉昌輝は、私に治療以上の付き合いを求めている。

それがなぜか、私にはわからない。ありがたいとも思わなければ、迷惑でもない。私は出張治療を頼まれれば引き受けるし、食事に誘われれば出かける。ただそれだけだ。だが、赤城はそれだけの説明では満足しないかもしれない。

赤城は、何も言わず立ち上がった。

「今度、劉のところに出かけることがあったら、そのときは俺に一報くれ」

私は驚いた。

「そんな義務はないはずです」

「あんたのためなんだ、先生。密かに護衛をつける」

「護衛じゃなくて、尾行でしょう?」

「そうともいう」

赤城は整体院を出ていった。

私は、ベッドに倒れ込んだ。

眠りは傷の治りを助ける。私は一日、ひたすら眠ってすごした。目が覚めては、また眠り、うとうととしてはまた目を覚ました。

浅い眠りから、その日三度目に目覚めたのは、電話の音のせいだった。私は、さきほどのドアチャイム同様に無視しようとしてできなかった。

ベッドに横たわったまま、受話器を取った。

相手は雨宮由希子だった。耳をくすぐるような甘えをごくかすかに含んだ声だ。

「今日、会社に刑事が来たわ」

「赤城という名でしたか？」

「そう。先生のところを見張っていた男について訊かれた」

「迷惑をかけてすいません」

「別に迷惑でも何でもないわよ」

「それで、何を教えたんです？」

「見たとおりのことを教えたわ。男の人相とか風体とか……。ねえ、いったい、何が起きているの？」

「わかりません」

「襲われたり、見張られたりしているのに、何が起きているのかわからないというの？　刑事まで動いているんでしょう？」

「あの刑事は、中国マフィアの抗争について調べているだけです」

「中国マフィアの抗争？　先生もそれに関係しているということ？」

「違います。赤城さんは念のために調べているだけでしょう」

「先生のことを調べているわけ？」

「そうじゃなくって、私を襲った連中のことを、でしょう」

由希子は、わずかの間、押し黙っていた。何事か、考えているのだ。

「くれぐれも気をつけてね」

そう言って、由希子は電話を切った。


赤城が電話をかけてきたのは、それから三日後だった。整体院あてに電話をすると、すべて由希子の会社につながる。赤城は、私の携帯電話にかけてきた。

「先生、能代春彦《のしろはるひこ》って名前に覚えはあるか？」

その名前は、少なからず私に衝撃を与えた。

「知っています」

私は、胸の中のざわめきを抑えて言った。「どうしてその名を……？」

「『パックス秘書サービス』の女社長さんの言ったとおりだった。所轄に頼んでおたくの周囲のパトロールを強化してもらった。そうしたら、ある男が引っかかった。地域課の係員が職質をかけたんだ」

私の心はさらに騒いだ。

「能代春彦という男が、私の整体院を見張っていたんですか？」

「そうだ。能代は私立探偵だと言った。これは嘘じゃない。地域課の係員は、身分証を確認している。能代探偵事務所は実在する」

「私立探偵……？」

少なくとも、私の知っている能代春彦は私立探偵などではなかった。かつては、商社に勤めていたはずだ。

同姓同名だろうか？　だとしたら話ができすぎている。

「地域課の係員が、ここで何をしているのかと尋ねると、依頼主や依頼内容については話せないと言ったそうだ。だが、先生のところを監視していたのは、間違いなさそうだ。能代と先生はどういう関係だ？」

「能代春彦は、私が昔付き合っていた女性の父親です」

「その女性は、今どうしてる？」

「十年前に死にました。自殺でした」

電話の向こうから、赤城が唸《うな》る声が聞こえてきた。

「その十年間に、能代春彦と会ったことは？」

「ありません」

長い沈黙があった。やがて、赤城は慎重な口調で言った。

「自殺の原因について、娘の父親が先生を逆恨みしているということは考えられるか？」

「考えられなくはありません」

実際、そう感じた。郁子を失った父親は、誰かを憎みたいにちがいない。その憎しみの対象が私であっても不思議はない。

「また連絡する」

赤城はそう言うと、電話を切った。

赤城が考えていることは手に取るようにわかった。復讐心《ふくしゅうしん》に燃えた能代春彦が、人を雇って私を襲わせた……。

それはあり得ないことではないと私は思った。

殺したいほどに憎まれているという想像に、私はひどく憂鬱《ゆううつ》な気分になった。自殺の原因などわからない。だが、私は、郁子に対する私の態度がその要因の一つだと思っている。

「くそっ」

私は、携帯電話の電源を切った。誰とも話をしたくなかった。

その翌日には、治療を再開していた。

『パックス秘書サービス』を通じて、劉昌輝からの伝言を聞いた。出張治療を頼みたいという。

私は、劉昌輝の会社に電話した。

いつも出る男性の秘書が、ちょっと訛《なまり》のある日本語で言った。

「先生、ちょっと待ってください。先生なら、社長、自分で話、します」

劉昌輝が出た。嗄《しわが》れて甲高い、独特の声で、本人であることがすぐにわかる。私は、いつうかがえばいいかと尋ねた。

「今夜にでもお願いできれば、ありがたいのですが……」

劉昌輝は、生まれは上海だが、幼い頃に日本にやってきて日本で育った。だから、上海語より日本語のほうが得意だった。彼の日本語は、じつに流暢《りゅうちょう》だ。

「わかりました。七時でよろしいですか？」

「ありがとう、先生。本当はこちらからうかがいたいのだが、何せこの年寄は、ひどく忙しい」

「部下の方がお亡くなりになったそうですね。お悔やみ申し上げます」

私が言うと、劉昌輝の声が暗くなった。

「事件のことをご存じなのですね？」

「知り合いの刑事が教えてくれました」

「不幸な出来事です。私の責任だ」

人の死に対して責任を感じる。その気持ちは理解できた。軽はずみに、あなたのせいではない、とは言えなかった。私自身が他人から何度もそう言われたからだ。

「では、今夜、七時に……」

私はそう言って、電話を切った。

それからしばらく、私は赤城に電話するべきかどうか迷っていた。結局、電話することにした。

劉昌輝のところに出かけるときには、尾行をつけると言っていた。その尾行が、襲撃者から私を守ってくれるかもしれない。これ以上、襲撃されるのはごめんだった。

施術記録に書かれていた携帯電話の番号にかけると、赤城は六回目のコールで出た。外にいるらしく、車の音が聞こえてきた。

私は、今夜の七時に劉昌輝の自宅を訪ねると伝えた。

「ちょうどよかった。電話しようと思っていたんだ」

赤城は言った。「能代春彦のことをいろいろと調べてみた。やつは、傷害の前科があった」

「前科？」

「八年前のことだ。酒に酔って喧嘩《けんか》をし、相手に怪我をさせた。相手が訴えたので事件になり、結局、懲役六カ月、執行猶予一年がついた。だが、その執行猶予中にまた傷害事件を起こした。それで、実刑を食らった」

郁子が生きているころに、何度か会ったことがある。傷害事件を起こすような人ではなかった。どこから見ても、エリートビジネスマンだった。

「それで会社をくびになったのでしょうか？」

「会社は、事件を起こす前にすでに辞めていたらしい」

私は、能代春彦の人生に起こった変化を思いやった。すべては、郁子の死に起因しているにちがいない。

娘の自殺という事実に耐えられなかったのだろう。仕事を続ける意欲もなくなり、酒に溺れ、警察沙汰になった。

赤城の声が続いた。

「ムショを出てからしばらくして探偵学校に通いはじめ、探偵会社に雇われた。独立したのが、三年前だ」

私は、十年の時を経て、突然能代春彦が私の周囲に現れたのはなぜかと考えた。その間、ずっと私に対する怨《うら》みをくすぶらせていたことは、容易に想像がつく。

能代春彦は、失意のどん底にあえいでいた。そして、刑務所に入った。出てきてから、自分の生活を立て直すのに精一杯だったということだろうか。

三年前に独立したということだが、その間は夢中で働かなければならなかったのかもしれない。

また、私は私で、沖縄に行っていた。私の消息を知る者はほとんどいなかった。五年前に整体院を開いたが、仕事がうまくいきはじめたのはここ二、三年のことだ。

能代はどこかで私の名を聞いたのかもしれない。スポーツ雑誌で、私の整体院が取り上げられたこともある。

私の名を見つけた能代は、十年の時を経て怨みと憎しみを再燃させた……。

おそらく、赤城も同じことを考えているだろう。私を襲撃した連中は、劉昌輝がらみではなく、能代春彦が雇ったやつらである可能性が大きい。

つまり、私の身から出た錆というわけだ。私はそんなことを無言で考えていた。

赤城が言った。

「先生が劉昌輝の自宅に向かうときに、いちおう尾行をつけさせてもらうが……」

赤城の言いたいことはわかった。彼は、私が襲われたことに関して、もう興味がなくなりつつあるということだ。彼の関心は、劉昌輝を巻き込んでいるらしい抗争事件にしかない。

警察官として当然の態度だ。こちらも、警察に首を突っ込まれたくないこともある。

私は、自宅を出る時刻を赤城に教えた。赤城は電話を切った。

6

「まだ、あたしのことをつけ回しているみたいなの」

笹本有里が施術台にうつぶせになって言った。腰に疲労がたまっている。起立筋がひどく硬直していた。

ストーカー君のことを言っているのだ。先日、ストーカー君に見せつけてやったが、うまい効果はなかったようだ。

もちろん、本物のストーカーなら、ああいう場面を見たら、ストーキング行為をエスカレートさせるだろう。

赤城は、所轄に言ってストーカーのことを調べさせると言っていた。だが、どこまでその言葉が信用できるかわからない。

事実、もう私が襲撃されたことに興味を失いかけているようだ。

「今日もつけて来たのか？」

私は尋ねた。

私が珍しく、話に反応を示したので、有里は体をひねって、うれしそうな顔で私を見た。

「つけて来たんだよ。地下鉄の中では気づかなかったけど、角で振り返ると、あいつがいたんだ」

「いいから、ちゃんとうつぶせになって……」

有里は、体の力を抜いた。

「まったく、気持ちが悪い……」

憎々しげに言う。

「いつごろから続いているんだ?」

「気づいたのは、今月に入ってから。だから、ここ、二、三週間のことだと思うけど……」

「後をつけるだけで、他には何もしないんだな?」

「今のところはね……」

「警察に相談してみたらどうだ?」

「この間、テレビでやってた。警察は本気になってくれないんだって。それに、もし捕まっても、最長で一年しか刑務所に入らないし、たいていは執行猶予がつくんだよ。もし、警察が捕まえても、その仕返しが恐ろしいって、テレビで言ってた」

それは、容易に想像がつく。自分の身は自分で守れというのが、警察の基本的な姿勢だ。警察が守ってくれるのは、ＶＩＰだけなのだ。

「ちゃんと話してみたらどうだ？　案外、話がわかるやつかもしれない」

「やだよ。何されるかわかんないじゃん」

「私も、若い頃に好きな女の子の後をつけたことがある。告白したいが、そのチャンスがなかなかなかなかった」

「へえ……」

有里は興味深げに言った。「それでどうしたの？」

「それっきりだ。私が若い頃なんてそんなもんだ」

「弱気だなあ」

「若い男は、みんな弱気だ。とくに、相手が高嶺《たかね》の花だとな」

「あ、それ、あたしが高嶺の花ってこと？」

「どうだろうな」

有里は間違いなく普通の男の子にとっては高嶺の花にちがいない。新体操の世界ではかなりの有名選手だ。

ルックスは抜群で、そのレオタード姿は、カメラ小僧の恰好《かっこう》のターゲットになっている。有里を彼女にできたら、普通の若者は有頂天になるはずだ。

「先生がいっしょに行ってくれたら、あたし、そいつと話してもいいよ」

「何で私が……。きみの問題だろう」

「一人じゃ怖いよ」

私は溜め息をついた。

有里が怖がるのも当然だ。逆上した相手が、何をするかわからない。仕方がない。患者へのサービスの一環だ。

「施術の後、まだそいつがいるようなら、話をしに行こう」

「本当？　ありがとう、先生」

激しい練習をするスポーツマンの体は、ひどく歪《ゆが》んでいる。有里も例外ではない。念入りに骨格の調整をすると、施術を終えた。

有里の着替えを待って、二人で外の様子をうかがった。有里は今日も、おそろしく短いミニスカートをはいている。

有里の言うとおり、角に先日見かけた若者がいた。こちらの様子をうかがっている。私は有里を伴って、そちらに近づいていった。逃げるかと思ったが、彼はどうしていいかわからぬように佇《たたず》んでいる。

はっきりと人相がわかる距離まで私たちが近づくと、彼はようやく去っていこうとした。私たちとは何の関係もない通行人を装おうとしている。だが、それは失敗していた。

「待つんだ」

私は言った。

もし、走って逃げられたら、私に捕まえることはできない。私の杖が魔法の杖で、それに乗って空を飛べないかぎり無理だ。

だが、ストーカー君は逃げなかった。呼び止められると、素直に立ち止まり、振り返った。

不安そうな顔をしている。子供がいたずらを見つけられたときのような顔だ。

「彼女をつけ回しているというのは本当か？」

私は、相手の眼を見据えていった。近づくと、いっそうひ弱な印象が強まった。痩《や》せている。身長は、百七十五センチほどだろうか。生まれてこの方、運動などしたことがないように見える。

顔色は青白く、頬がこけている。髪は両耳を隠すくらいに長く、かといって、若者たちがロンゲと呼ぶほどには長くない。中途半端な長さだった。

若者は目を伏せた。どうこたえていいかわからないようだ。

私はもう一度同じ質問をした。

すると、ようやく若者は、小さな声で言った。

「すいません」

「彼女は迷惑している。きみのやっていることは、ストーキングだ。犯罪なんだよ」

通りを行く人が何事かとこちらを見ていく。一度通りすぎてから、振り返る人もいる。私は、彼を整体院に連れて行くことにした。

「ちょっと話がしたい。来てくれないか」

彼は、抗議しようとしたが、私の顔を見ると、すぐに目を伏せ、黙って従った。

私は、玄関を閉め休診の札を出すと、若者を待合室のベンチに座らせた。私と有里は立ったままだ。ストーカー君は、両手の指を組み、落ち着かない様子でそれをしきりに動かしていた。

「名前を聞こうか」

私は言った。

ストーカー君は躊躇《ちゅうちょ》した後に、小さな声で言った。

「渡辺《わたなべ》です」

「渡辺、何というんだ？」

「滋雄《しげお》です」

「渡辺滋雄君か。きみは、何が目的で、彼女をつけ回していたんだ？」

「何が目的って……」

滋雄は、ちらりと私を見て、それから有里を見た。また目を伏せると言った。

「ただ、話がしたくて……。でも、なかなか声をかけられなかったんです。今日こそは声をかけよう、今日こそは声をかけようと思っていたんですが……」

「彼女に危害を加えるつもりはなかったと言いたいんだな？」

滋雄は顔を上げて、目を丸くした。

「危害を加えるなんてとんでもない……。本当にただ話をしたかっただけです」

「嘘！」

有里が言った。「ストーカーのくせに」

滋雄は驚いたように有里を見た。それから傷ついた顔をした。有里から罵倒《ばとう》されるのが一番こたえるにちがいない。

「わかるか？　こそこそと後をつけたりすると、こういうことになるんだ」

滋雄はまたうつむいた。小さな声で言った。

「すいません。でも、どうしていいかわからなくて……」

「勇気が足りなかったんだ」

私は言った。「どんな結果になろうが、思い切って声をかけるべきだった」

「はい……」

滋雄はさらに小さな声で言った。

他人に説教ができた義理ではないな……。話しながら思っていた。私は、郁子に誠意をもって接しただろうか？　失ってから、ちゃんと話を聞かなかったことを後悔しているこの私も、滋雄同様に充分女々しい。

「今後は、後をつけ回すようなことはやらないな」

「やりません」

「ならばいい」

「ならばいい、じゃないよ」

有里が憤慨して言った。「もっと懲らしめてよ」

「よさないか」

私は有里に言った。「彼は充分に反省している。きみに片思いしていただけだ」

振り返って有里の顔を見ると、片思いという言葉にまんざらではないような表情をしていた。

滋雄に眼を戻した。彼は顔を上げて私を見つめていた。

「あの……」

彼は言った。「整体師の美崎照人《てると》先生ですよね？」

妙な質問だった。美崎整体院という看板が出ているのだから、私が整体師であることはあらためて聞かなくてもわかるはずだ。看板には私のフルネームも記されている。

だが、滋雄の口調はたんなる確認ではなさそうだった。

「そうだが……」

滋雄の頬に、少しばかり血の気がさしてきた。

「先生のことは、知っています。格闘技雑誌に出ていました。星野雄蔵の治療を手がけてらっしゃるんでしょう？」

そういえば、星野を治療しているときに、どこかの雑誌が取材に来ていた。滋雄はそれを見たのだろう。どういう記事かは知らなかった。

「たしかに星野の治療をしている」

「先生は、いろいろなスポーツ選手の治療をしているそうですね。星野雄蔵の膝も治せるんですよね」

私は当惑した。

「できるだけのことはするつもりだ」

「僕、星野選手の大ファンなんです。今度の試合は、なんとかベストコンディションで戦わせてやってください」

何だか妙な雲行きになってきた。私はますます当惑し、曖昧《あいまい》に言った。

「まあ、そうなるように努力するよ」

「先生の整体は、まるで魔法だと雑誌に出ていました。先生の治療を受けて、スコアを伸ばしたゴルファーがいたそうですね。プロ野球選手も治療したことがあるんでしょう?」

「たしかに、いろいろなスポーツ選手を手がけてきた。しかし、魔法を使うわけじゃない」

「星野選手には魔法が必要です」

滋雄は、訴えるように言った。「膝さえまともなら、優勝は間違いないんです。もし、膝の調子が悪ければ、サム・カッツには勝てません」

「サム・カッツ?」

「決勝ラウンドには、サム・カッツが残ってるんです。あいつには、絶対に負けてほしくないんです」

ファンの気持ちはわからないでもない。だが、過剰な期待をされるのは迷惑だ。星野の膝は、決して予断を許さない状態だ。

有里が言った。

「ちょっと。あたしのことはどうなったの?」

滋雄は、決まり悪そうに言った。

「ここに来るようになったのは、もしかしたら、星野選手にも会えるんじゃないかと思ったからなんです」

「なあに。一石二鳥を狙ってたわけ?」

有里は憤然として言った。

「一言、言いたかったんです。絶対に、サム・カッツには負けないでくれって……」

私は言った。

「星野はここにはやってこない。私が彼の道場を訪ねるんだ」

「そうなんですか……。あの……」

滋雄はもじもじとしていたが、やがて言った。「いっしょに道場に連れて行ってもらえませんか？」

「何よ、それ。ずうずうしい」

有里が言った。私は溜め息を洩らした。

「彼女にも、それくらいずうずうしく接していたらな……。残念だが、私がきみを星野のところに連れて行くわけにはいかない」

「あ……」

滋雄は、またしても決まり悪そうな顔をした。「そうですね」

「だが、きみの気持ちは伝えておくよ」

滋雄は、顔を上げた。

「ありがとうございます」

「あたしのことはどうなったのよ」

有里が言った。私は有里に言った。

「彼は、もう二度ときみをつけ回したりはしない」

私は滋雄に視線を移した。「そうだな？」

「はい」

滋雄は私に言った。「すいませんでした」

「謝るなら、私にではなくて、彼女にだ」

滋雄は、有里に頭を下げた。

「ごめん」

「さ、もういいだろう」

私が言うと、滋雄はそれが別れの言葉であることをちゃんと理解したようだった。頭の悪い子ではなさそうだ。

彼は、整体院を出ていった。

私は有里に言った。

「ちゃんと話をしてみれば、こんなもんだ」

「これは、ラッキーなケースよ」

そうかもしれない。たしかに、ストーカーの被害に苦しんでいる女性は多く、相手は悪質な場合も多い。

「とにかく、ありがとう、先生。助かったわ」

とにかくはよけいだと思ったが、何も言わなかった。

「気をつけて帰るんだ。そのミニスカートに挑発される男性は少なくないはずだ」

「あら、先生はどう?」

有里は笑顔を残して、去っていった。

これで、一件落着というわけか。少なくとも、私を襲撃したのは、滋雄ではないと思った。話してみてわかったが、彼は仲間を集めて他人を襲うような若者ではないような気がした。

彼は星野のファンだと言っていた。私が星野の膝を治すことを切望しているようだ。だったら、私を襲撃するはずはない。

やはり、襲撃者は能代春彦に頼まれた連中だろうか?　面倒な相手だ。

襲撃されるのはごめんだ。しかし、それが私に対する罰ならば、受け容れてしまいそうな気がする。

午後五時半に自宅を出て、横浜の劉昌輝の家に向かった。中目黒《なかめぐろ》で東急東横線《とうきゅうとうよこ》に乗り換えるのだ。私は、刑事の監視がついているかどうか、振り返って確かめてみた。

わからなかった。

素人が見てすぐにわかるようなら、尾行の意味はない。

刑事たちは、別に私をターゲットにしているわけではない。私を襲撃しようと狙っている何者かがいたら、それを捕まえ、劉昌輝との関係を洗いたいだけだ。

もしかしたら、赤城は刑事の監視などつけていないかもしれない。私を襲った連中は、中国マフィアとは関係ないと判断し、手を引いてしまったということも考えられる。

私は、刑事とは別に、尾行がいないかどうか確かめてみた。能代春彦がつけているのではないかと思ったのだ。

これもわからなかった。

赤城の話だと、能代の人生は大きく変わったようだ。おそらく、人相風体も変わっているだろう。一目見て、能代だとはわからないかもしれない。

いずれにしろ、私はひどく不安なまま、劉昌輝の自宅までやってきた。

中華街のそばにある、目立たない民家だ。レストラン・チェーンのオーナーと聞くと、立派な門構えの豪邸を連想するが、劉昌輝の自宅は、きわめて質素だった。

二階建てのありふれた家だ。

しかし、その見かけからはわからない防犯装置がいたるところに張り巡らされており、劉昌輝の立場を絵本のようにわかりやすく物語っている。

玄関に立っているときは、監視カメラでモニターされている。どこかの窓を開けようとすると警報装置が鳴り、邸内のそこかしこをパトロールしている、劉昌輝の部下たちがたちまち駆けつける。

銃こそ持っていないが、彼らはかならず何らかの武術を身につけているということだ。劉昌輝は、武術好きだ。もしかしたら、私が気に入られた理由の一つにそれがあるのかもしれない。

私がかつてフルコンタクト空手の選手であり、さらに琉球古流の空手を学んだことを知ると、しきりにその話を聞きたがった。

星野雄蔵を知っていたのも、彼が武道マニアだからだろう。

外見は普通の民家だが、内装は驚くほどに豪華だった。家中に赤い、くるぶしまで埋まりそうな絨毯《じゅうたん》が敷きつめてある。

さりげなく飾られている壺《つぼ》は青磁で、本物だけが持つ重量感と深みのある色をたたえている。南画の掛け軸があるが、これも見る人が見れば腰を抜かすほどのものらしい。

劉昌輝はいつもの部屋に腰かけていた。大きな丸いテーブルがある。そのテーブルにも見事な透かし彫りが施されており、高価な骨董《こっとう》品であることがわかる。劉昌輝が私と会うときは、いつもそのテーブルに向かっている。これは、彼の親しい友人を迎えるときのやり方だという。

劉昌輝は、人のよさそうな老人だ。八十一歳という高齢が彼の腰に負担をかけている。だが、ほかには悪いところは見当たらない。恰幅がよく、終始笑顔を絶やさない。彼の影響力が暗黒街まで及んでいることを、その見かけからはとても信じることができない。

劉昌輝は、私の顔を一目見るなり、たちまち表情を曇らせた。あざはすでに治りかけて黄色くなっている。だが、それが明らかに暴力の痕跡であることは、誰にでもわかる。

「その怪我はどうしました？」

劉昌輝相手に、転んだなどという言い訳は通用しない。

「知らない連中に二度、襲われました」

「襲われた……？」

私はうなずいた。

「最初は四人。次は五人。二回目のときは刃物を持っていました」

劉昌輝は、ひどく悲しそうな表情になった。それが演技とはとても思えなかった。

「何ということだ。それはいつのことです？」

私は襲撃された日を正確に教えた。

「最初に襲われたのは、呉伯英が殺された日ですね」

劉昌輝は頭の回転が早い。おそらく、こちらが考える二手三手先を読むのが習慣になっているのだ。ビジネスの世界だけで培われた能力ではなさそうだ。

劉昌輝も、赤城と同様のことを考えているようだ。私はかぶりを振った。

「この事件は、どうやら私の過去に関係しているようです」

「過去に……？」

「そう。人には話したくない過去です」

「襲撃者に心当たりがあるということですね？」

「おそらく雇われた連中でしょう」

「雇った人物が誰なのか、わかっているのですか？」

「想像はつきます」

劉昌輝は鷹揚《おうよう》にうなずいた。すべてを心得ているといった態度だ。私はこれまで、彼と暴力沙汰の話をしたことがない。

劉昌輝は、暴力などにうろたえる人物でないことがよくわかった。彼はやるべきことを心得ている。

「人には話したくない過去だと言われた。だが、私は聞いておきたい。どうです？先生話してもらえませんか？」

私は、曖昧に首を傾げた。

話したくないというのは、あくまでこちらの気持ちの問題だ。話すことを拒否しているわけではない。

私の話したくないという言い方は複雑だ。本当は、誰かに話を聞いてほしいにちがいない。だが、話してしまうと、私の苦しみは癒えていくような気がする。私は、無意識のうちにこの苦しみを癒してはいけないと自分に戒めているのかもしれない。

私は、郁子のことを話した。

劉昌輝は、心から同情するといった表情でかぶりを振った。私よりも悲しんでいるようにすら見える。

これも演技なのかもしれないが、とてもそうは見えなかった。

「それで……」

劉昌輝は、私が話し終わるとしばらく何事か考えていたが、やがて言った。「人を使ってあなたを襲わせた人物というのは？」

「郁子の父親が、私の整体院の周辺をうろついていたという話を聞きました」

「なるほど……」

劉昌輝は、ふたたび、同情に堪えないという顔をして見せた。

それから彼が何かを決定するまで、ほとんど時間はかからなかった。彼は、きっぱりとした口調で私に言った。

「先生の身辺を守らせていただきます」

私は驚いて言った。

「そんな……。あなたにそんなことをしていただくいわれはありません」

「先生。人の親切は素直に受け取るものです。中国では、他人の親切を拒否するのは失礼なことなのですよ」

「私は油断をしていたのです。油断さえしなければ大丈夫です」

劉昌輝は、悲しげにかぶりを振った。

「人間、いつも気を張っていることなどできません。でなければ、二度目の襲撃はなかったはずです」

言われてみればそのとおりかもしれない。襲われても、どこか人違いだったのかもしれないという思いがあった。もう一度襲われるかもしれないという危機感が足りなかった。

劉昌輝は、さらに言った。

「呉伯英もそうでした。彼は、常に用心をしていましたが、それでもかならず隙はできる。人間、一人で自分を守ることはなかなかできないのです」

劉昌輝の言葉には重みがあった。暴力の世界のことを知り尽くしているという重みだ。

「おっしゃることはよくわかります。しかし、劉さんに守っていただく理由がありません」

「理由はいくつかありますよ、先生。第一に、私たちは、そういうことに慣れている。第二に、先生に何かあれば、私は治療を受けることができなくなる。そして……」

劉昌輝は、間を取ってから言った。「第三に、先生を襲った連中が、本当にその亡くなった女性の父親かどうかまだわからない」

劉昌輝は、責任感の強い男だ。だから、自分のせいで私が襲われたという可能性をまだ否定しきれていないのだろう。

第三の理由については、私は同意しかねたが、何も言わないことにした。私にも、まだ確かなことはわかっていない。だが、能代春彦という名は私に重くのしかかっている。

私が黙っていると、劉昌輝は言った。

「ご心配なく。私たちはやり方をよく心得ています。万事任せてください」

私は無言で頭を下げた。

劉昌輝は口調を変えた。

「先生、もしよかったら、呉伯英に線香を上げてやってくれませんか？」

私はうなずいた。

劉昌輝は立ち上がり、私を隣の部屋に招いた。そこには、中国風の派手な祭壇がしつらえられていた。

遺影が飾ってある。その写真を見て、私は少なからず衝撃を受けた。

よく知っている顔だった。劉昌輝の自宅に来ると、彼がよく茶を運んできてくれた。まだ、二十三歳だったはずだ。子供がいない劉昌輝は、息子のようにかわいがっていた。

私も何度か話をしたことがある。彼はいつも日本語があまりうまくないと言って、はにかみながら話した。

こんな若者が抗争に巻き込まれて殺されるのか……。

「かわいそうに、なぶり殺しでしたよ」

劉昌輝は、天気の話をするような口調で言った。「両手の指が全部切り落とされていましてね。胸に煙草の火を押し当てた火傷が無数にありました。両耳が切り落とされ、片目が潰《つぶ》されていました。生きている間にそれだけのことをやられたのです。発見されたときは、腸がはみ出して泥まみれになっていました。おそらく、腹を割いて、ゆっくり死んでいくのを嘲笑《あざわら》って見ていたのでしょう」

絶望的な死に方だ。

「なぜ、そんなことを……」

「見せしめですよ。私に対して、警告を発したつもりなのでしょう」

「相手はわかっているのですか?」

劉昌輝の声音が、固く冷たくなった。

「わかっていますが、先生は知らないほうがいい」

私は、中国ふうの長く太い線香を二本取り、ろうそくの火を移して立てた。手を合わせ、ふたたび写真を見上げた。

呉伯英が無邪気に笑っている。

自分の腸を見つめながら、為す術なく死んでいかねばならない。そんな人生もあるのだ。

その日、劉昌輝の治療を終えても、暗澹《あんたん》たる思いは消えなかった。

劉昌輝が、なぜ呉伯英の死に様を私に話したのかは、想像がつく。住んでいる世界の違いを知らしめ、私にいらぬ遠慮をさせないためだ。

たしかに、劉昌輝の目論見《もくろみ》は成功した。私は、すっかり劉昌輝に逆らう気をなくしていた。

その日は初めて、劉昌輝の自宅から私の整体院まで車で送られた。黒いリムジンなどではない。ランドクルーザーだった。

劉昌輝は、見栄えや乗り心地よりも実用性を重んじる。彼にとっての実用性というのは、タフであることのようだ。

運転をしているのは、パイコウと呼ばれている若い男だ。パイコウとは、白い猿のことだと劉昌輝が言って笑った。

助手席には、ひどく陽気な男がいた。日本語が得意で、李正威《りせいい》と名乗った。皆からは、熊猫と呼ばれていると日本語で言った。熊猫というのは、ジャイアントパンダのことだ。

私は、熊猫・李正威のおしゃべりに閉口していたが、無口で不気味な男よりましではないかと、自分を慰めた。

車を降りて部屋に入った私は、ランドクルーザーがどこに行ったのか確認しなかった。どこか近くに駐車しているのかもしれないし、横浜に帰ったのかもしれない。劉昌輝のやり方は見当もつかない。だが、言ったことは実行する男にちがいない。今夜から枕を高くして眠れるということか……。

私は、包帯をしたままシャワーを浴びた。感染症を防ぐために、傷を濡《ぬ》らさぬようにしなければならない。

タオルで体を拭くと、施術室へ行って、腕と胸の包帯を取り替えた。傷はずきずきと脈打つように痛んでいる。

傷のせいで、施術をするのに倍以上疲労した。明日には、抜糸に病院へ行かねばならない。整体師といえども、切ったり縫ったりは外科医に任せなければならないのだ。一回目の襲撃で受けた打撲傷は、治りかけている。もう、湿布の必要もない。私は、寝室に行き、ベッドに倒れ込んだ。疲れ果てていた。だが、眼が冴えている。

能代春彦のことを思った。劉昌輝は、私を守ると言ってくれたが、私は私でやることをやらなければならない。

まだ能代春彦がこのあたりをうろついているのなら、捕まえて話をしなければならない。できれば、接触したくはない。だが、それでは、有里に声もかけられない渡辺滋雄と同じだ。臭いものに蓋をしたり、見て見ぬ振りをしているだけでは、問題は何も解決しない。

傷のせいで寝返りを打つにも苦労をする。私は、ナイフで切りかかってきた目出し帽の襲撃者たちのことを思い出していた。そして、呉伯英の殺され方を思い出した。

眠れそうにないが、それが、与えられた罰であるかのように、私はじっとベッドに横たわっていた。

抜糸をした医者が、傷の治りが早いと言ってくれた。それだけで、ずいぶん気が楽になった。

7

私も施術にこうした話術を応用すべきだと思いながら病院を出た。劉昌輝の手下たちは、今も私の周囲のどこかにいるにちがいない。

外を歩くときに、注意してみたがそれらしい人影は見当たらない。

その日の午後は、整体院で三人の患者の治療をした。夕刻に、『パックス秘書サービス』に電話をして、伝言を聞いた。

担当の女性は、事務的に伝言を告げた後に、言った。

「お待ちください。雨宮がお話ししたいそうです」

三十秒ほど待たされた。由希子の声が聞こえてきた。

「妙な電話があったのよ」

由希子は、言った。いつもとどこか違う。緊張しているのだろうか？

「妙な電話？」

「いい？　相手が言ったとおりに伝えるわね。すぐにすべての治療を止めろ。でないと、また痛い目にあうことになる……」

由希子の緊張がすぐにこちらに伝染した。襲撃されたときの恐怖がよみがえる。恐怖だけではない。怒りも感じていた。

「相手は名乗りましたか？」

「もちろん、名乗らないわ。ねえ、これって……」

「気にすることはありません」

私は言った。たしかに、由希子が気にすることではない。だが、もちろん私は気になっていた。

「だって、実際に襲撃されているんでしょう？」

由希子は二度目の襲撃のことを知らない。言わないでおいたほうがいい。

「どうってことはありませんよ」

「警察に連絡したら？」

「もう、警察は知っています」

「やっぱり、整体院を見張っていた人かしら……？」

そう考えるのが自然だ。

「どうかな……」

「とにかく、気をつけてね」

「わかっています。どうも……」

私は電話を切った。

すぐに、すべての治療を止めろ。

それが何を目的としているのか、はっきりしない。

もちろん、治療をやめたら私は食っていけない。たちまち、今月の部屋代の支払いにも困ってしまう。そして、沖縄から戻ってきてようやく築いた私の生活が破壊されることになる。

それを望む犯人。やはり、能代春彦だろうか。能代なら、考えてもおかしくはない。娘が死ぬ原因を作った男が、のうのうと整体師などやって暮らしている。

許し難い気持ちになるにちがいない。私の現在の生活と未来を壊したいと考えて当然だ。

電話してきた相手は、私が襲撃されたことを知っていた。

また、痛い目にあうことになる。

彼はそう言ったらしい。

もし、劉昌輝が護衛をつけてくれていなければ、もっと不安になったことだろう。

だが、劉昌輝の部下が私を守ったとしても、犯人は次の手を打ってくるだろう。

黒幕と話をつけなければ、やはり問題は解決しない。そして、その黒幕とは、能代春彦にちがいない。

脅迫電話の内容からも、私はそう確信した。

また、星野の治療のために、横浜の篤心館に出かける日がやってきた。私はなるべく、脅迫電話のことを考えまいとした。

暴力の世界のことは、専門家に任せておけばいい。治療を止めろと言われて、はいそうですか、というわけにはいかない。

電車に乗る間も緊張していた。先日、ナイフで襲撃された場所を通るときには、さらに警戒を強めた。

だが、今この瞬間も、劉昌輝の部下たちが守ってくれていると思うと、幾分か、本当に幾分かだが、気が楽になった。

星野の体調はよさそうだった。肌のつやがいい。筋肉の発達の具合も申し分ない。トレーナーの中島恒彦は、私を見るとなぜか怪訝《けげん》そうな顔をした。それから眼をそらし、何事か考えていたが、やがて、不機嫌そうに近づいてきた。何か言いたげだ。様子が少し変だ。私は何事かと、彼の顔を見つめていた。

白髪混じりのぼさぼさの髪。スウェットの腹が出っ張っている。今日も無精ひげが顔に浮かんでいた。

「おい。ありゃ、どういうことだ？」

中島は噛みつくように言った。

彼は、リング上の星野の左膝《ひざ》を指差している。膝はしっかりとテーピングされている。星野は言いつけを守っているらしい。

私は、わけがわからず、中島を見返した。

「何のことです？」

中島は、怒りも露わに、星野に向かって言った。

「おい、星野。ちょっと降りてこい」

星野は、なぜか申し訳なさそうな顔でリングを降りてきた。そのとき、左膝をことさらにかばうようにしているので、私は気になった。

中島は、言った。

「星野の膝を見てみろ」

私は、星野を座らせ、テープをはがしていった。途中で私は、目の前が暗くなるような気がした。

テープをすべて取り去らなくてもわかった。膝が紫色に腫《は》れあがっている。明らかに悪化していた。痛みも激しくなっているはずだ。

私は、凍りついたような気分で患部を見つめていた。

中島が言った。

「これは、どういうことかと訊いてるんだよ」

その声がひどく遠くから聞こえてくるような気がした。

そんなはずはない。

私は心の中でつぶやいていた。たしかに膝は快方に向かっていた。生まれたときと同じというわけにはいかないが、試合までには、充分に動けるようになるはずだった。

いったい、何が起こったのか。

私は、中島を見上げた。中島は、一瞬、たじろぐような顔をしたが、すぐに勢いづいて言った。

「あんた、治療に失敗したんだろう?」

私は、その問いにはこたえず、訊き返した。

「何をやらせたんです?」

中島は、眉間《みけん》にしわを刻んで目を細めた。

「そりゃ、どういう言い草だい? その膝が俺のせいだとでも言いたいのか?」

私は、後頭部が凍りつくような気がしていた。その衝撃が去ると、猛然と怒りが沸き上がってきた。

「こんなはずはないんだ。治療はうまくいっていた。いったい、何をやらせたんだ?」

「通常の練習だよ。試合までに一カ月を切ったら、いつもやらせる練習だ。スパーを増やして、筋トレも増やす。ベンチプレスと、バーベルを担いだスクワット……」

「何だって?」

私は怒りに我を忘れそうだった。「バーベルを担いだスクワット……?」

「そうだよ。この期間は、筋肉を極限までいじめるんだ。そして、最後の一週間で休息を取りながら調整する。前に言っただろう」

「冗談じゃない」

私は、声が大きくなるのをどうすることもできなかった。「その結果が、これだ！」

「おい……」

中島は言った。「俺のせいにするのか？」

「間違いなく、あんたのせいだ」

中島の顔が怒りで赤く染まった。

「あんたの仕事は何だ？　何のために雇われたんだ？　星野の膝を治療するためだろう？　そして、俺は選手を勝たせるために雇われている。いいか？　試合に勝たせるのが俺の役割だ。俺はそのための練習を星野にやらせる。あんたは、その練習に耐えられるように治療すればいいんだ。これは、あんたの失敗だ」

「今、無茶をすれば、膝がどうなるかくらい、あんたにもわかるだろう。これじゃ、試合に勝つどころか、試合に出場できるかどうかもわからない」

「そいつは、責任逃れだ。あくまでも、あんたの役割は膝を治療することなんだ。あんたは失敗した。いさぎよく、それを認めて、ここを出ていくんだな。あとは俺が引き受ける」

「手を出すな」

私は、できるかぎりの凄味《すごみ》をきかせて言った。「あんたには、星野に手を出してほしくない。でなければ、星野は試合に出られなくなってしまう」

「試合に出るだけじゃだめなんだよ。勝たなきゃならないんだ」

そのとき、私の背後から声が聞こえた。

「何事だ?」

私は、中島を見据えていた。中島が決まり悪そうにそっぽを向いたので、私はようやく振り向いて、声の主を見た。

館長の磐井隆だった。

逞《たくま》しい体をダブルのスーツに包んでいる。身長は高くはない。格闘家というより、有能なビジネスマンに見える。

「どうしたんだ?」

磐井館長が私と中島を交互に見て言った。

中島が星野の膝を指差してこたえた。

「これ、見てくださいよ」

磐井館長は、床に座って脚を投げ出している星野の膝を覗き込んだ。眉をひそめて、私の顔を見た。

私は黙って星野の膝を見つめていた。

中島が磐井館長に言った。

「こいつが、治療に失敗したんですよ」

磐井館長は、私に向かってつぶやくように言った。

「失敗したって……」

私は、星野の膝を見つめたまま言った。

「無理な練習が祟《たた》ったんですよ。こんな練習を続けていたのでは、治療の甲斐はありません」

私は、磐井館長の顔を見た。「膝を治したいのか壊したいのか、この場ではっきりと決めてください」

磐井館長は、中島と私を交互に見ていた。中島が言った。

「こいつは、自分の失敗を俺になすりつけようとしているんだ」

磐井館長は星野に尋ねた。

「どんな練習をしたんだ？」

「いつもといっしょっすよ」

星野は、困り果てた様子だ。私は、そのときになって初めて気づいた。誰も星野の顔を見ていなかった。膝だけを見つめていたのだ。

「そのいつもと同じというのが、問題なんです。星野の膝はそれに耐えられるような状態じゃないんです」

「勝つためだ」

中島が言った。「館長だって、星野に勝たせたいでしょう。星野も勝ちたいと言った。ならば、俺のやることは一つだ」

磐井館長は、じっと星野の膝を見つめて考えている。やがて、私に尋ねた。

「今からでも、なんとかなりますか？」

私には自信がなかった。ここで安請け合いをして、治療に失敗したら、整体師としての名前に傷がつく。

だが、私は星野の気持ちを思いやった。ここで放り出されたら、星野は絶望する。

「やってみましょう。とにかく、膝に負担をかける練習はしないようにしてください」

中島は、吐き捨てるように言った。

「それで勝てるなら苦労はしねえよ」

「選手は星野だけじゃない」

　磐井館長は言った。

　中島は目を丸くして館長を見た。

「そりゃ、どういう意味です？」

「中島さんには、他の選手に責任を持ってもらう。星野は、美崎さんに預けよう」

「冗談じゃない。試合を捨てる気ですか？」

「知らなかったのか？　美崎さんは、私の古巣の選手だった。世界選手権にも出場したことがある。そして、沖縄古流の空手の心得もある」

「そんなものが役に立ちますか。海外勢は、徹底的にキックボクシングのテクニックに磨きをかけて臨んでくるんですよ」

「だが、このままでは、星野はつぶれる」

　磐井館長は静かに言った。「いくら試合に勝ったって、その後空手ができない体になるんじゃ意味がない。今回は、美崎さんの腕に賭けてみようと思う」

「本気で言ってるんですか？」

　中島は、怒りを露わにしている。

「私の決定だ。従ってもらう」

中島は、しばらく無言で私を見つめていた。私はその視線を感じていたが、彼の顔を見ないようにしていた。

中島が言った。

「ふん。じゃあ、俺は他の選手を仕込むことにしますよ。星野が惨敗しても知りませんよ」

彼はそう言い捨てると、ロッカールームに消えていった。

星野がおろおろとしている。私は、彼に言ってやった。

「大丈夫です。膝はなんとかしましょう」

「館長がいた流派の選手だったって、本当ですか？」

私はうなずいた。

「昔の話だ」

磐井館長が言った。

「強かったそうだ。だが、左膝を壊して引退された」

私は何も言わなかった。磐井館長が続けて言った。

「だから、美崎先生はおまえの気持ちがよくわかるはずだ。先生の言うことをよく聞いて、まず膝を治すことに専念しろ。いいか？　スパーリングも大切だが、満足にスパーができないときは、それをイメージトレーニングで補うんだ。おまえも、ぼちぼちベテランの域に入ってくる。自分のペースをつかむんだ」

「はい」

　磐井館長は、私に向かって言った。

「中島のことは気にせんでください。何かあったら、すぐ私に言ってください」

「告げ口をする子供みたいにですか？」

「何があったか知らなければ、私も対処のしようがない」

　私は、曖昧《あいまい》に首を傾げた。

「わかりました」

「中島は優秀なトレーナーなんです」

「わかっています。実績があるんでしょう？」

「あります。そして、以前はあんなやつじゃなかった。彼は、変わってしまった。もう二度と仕事を失いたくないという、恐れがあるんだ」

　状況は人を変える。私も変わったし、おそらく能代春彦も変わったのだ。

　中島はどうやら、借金苦にあえいでいるらしい。私に仕事を奪われるのではないかと気が気ではないのかもしれない。

　私はうなずいた。

「では、星野のことは頼みましたよ」

　磐井館長は、館長室のほうへ去っていった。

「すみません」

　星野の声が聞こえた。「自分も不安だったんです。それで、つい無茶なトレーニングをやってしまって……」

「私のようになりたいのですか？」

　星野は驚いた顔で、何か言おうとしたが、言葉が出てこない様子だった。

「試合が近くて不安なのはわかります。だが、不安を解消するためにトレーニングをするのは、今のあなたには決してプラスにはならない」

「はい……」

「戦術を含めて、すべてを考えなおす必要があります」

「戦術……？」

「体に対する負担を最小限にする戦い方があるはずです」

「考えてみます」

「まずは膝の治療です。ダメージの様子を診ましょう。今日は、へたに施術をせずに冷やすことにします」

私は治療を始めた。試合まで三週間ほどしかない。焦りを感じたが、星野のためにそれを態度に出さぬようにした。信頼が傷の治りを早める。不思議だがそれは事実なのだ。

その日、治療を終えた後、最後までトレーニングに付き合った。篤心館の道場を出たのは十時近くだった。また、あの人通りのない暗い道を通らなければならない。

私は警戒していた。

ただの脅しなら、そんなにしつこく襲撃してくるはずはない。もう襲ってこないことを祈った。

しかし、その祈りはむなしかった。

彼らはまた現れた。

やはり、黒っぽいバンに乗っていた。今度はナンバーを覚えてやろうと思った。

暴力というのは、蓄積的な効果がある。最初より二度目が恐ろしいし、二度目より三度目のほうが恐ろしい。

想像力が恐怖とダメージを膨らませるのだ。私の心臓は早くも激しい鼓動を打ちはじめていた。

急停車したバンから、また黒覆面の男たちが降りてきた。私は、杖を構えた。恐ろしいが、恐怖にすくみ上がっているわけにはいかない。杖さえあれば、身を守ることができると信じることにした。

前回と同様に、特殊警棒の男が殴りかかってきた。彼は、杖を持つ私の手を狙っていた。彼らは、また学んでいた。

一度はかわしたが、相手は必死に何度も特殊警棒を叩きつけてくる。反撃する暇もない。特殊警棒を振る鋭い音が響く。

私がその攻撃に苦戦している間に、他の連中は、私を取り囲んでしまった。先日と同様に、刃物を持っているにちがいない。右の腕が痛んだ。まだ抜糸をしたばかりだ。また、ナイフで怪我をするはめになるのは願い下げだ。

そのとき、背後でくぐもった悲鳴が上がった。肉を激しく打つ独特の音が聞こえる。続いて、右横にいた男が崩れ落ちた。私は、何が起きたかを瞬時に悟った。たちまち絶望からはい上がることができた。

心理的な余裕を取り戻した私は、特殊警棒にタイミングを合わせた。相手が私の右手を狙って振り下ろした瞬間、それをかわしざまに杖を振った。杖はカウンターで相手のこめかみに決まった。さらに、杖を持ち変えると、握りの部分を逆のこめかみに叩き込んだ。特殊警棒の男はその場に崩れ落ちた。

見ると、すでにパイコウと熊猫の李正威がすでに二人を倒していた。パイコウは、黒い棍棒《こんぼう》のようなものを手にしている。それは、革でできているようで、棒のように固いものではないらしい。ブラックジャックと呼ばれる武器だ。

李正威は鎖の長いヌンチャクを持っていた。襲撃してきたのは、前回と同様に五人だった。やはり、ナイフを持っている。

李正威が残りの二人に迫った。いきなり現れた援軍に、度を失っている二人は、及び腰だった。

李正威は、声も出さずに歩み寄り、ヌンチャクを振った。その動きはじつに正確だった。たちまちナイフが叩き落とされた。さらにヌンチャクの動きは止まらない。相手は頭部を一瞬のうちに、何度も強打されて、倒れた。

残ったのは一人だった。

援軍はありがたかった。一人で戦うのと、複数で戦うのとは、決定的な違いがある。

李正威が残った一人に眼を向けると、たまらずに逃げ出した。パイコウは倒れて苦悶している一人の頭部をサッカーボールのように蹴った。容赦のない仕草だった。

李正威は、さっと周囲を見回すと、私に言った。

「さ、早くこの場を去るんです」

私は言われたとおりにした。駅のほうに急ぎ、振り返るとすでにパイコウと李正威の姿はなかった。

いつまでも現場にぐずぐずしている危険を知り尽くしているのだ。プロの手際を見たという気がした。

8

私の恐怖は明確な怒りに変わっていた。東急東横線に乗っていた私は、おそらくすさまじい表情をしていたにちがいない。

整体院兼自宅に帰り着いた私は、震えていた。恐怖のせいというより、怒りのせいだった。

だが、その怒りがおさまると、私はまた暗澹とした気分になった。これは、私が受けるべき罰なのだろうか。

私が受けた罰がまだ不足しているというのなら、それを甘んじて受け容れるべきなのかもしれない。

能代春彦は、私を許さない。その気持ちは想像がつく。私自身も私を許していないからだ。

私は、ＬＤＫの戸棚から安物の国産ウイスキーを取り出した。グラスに氷を入れ、その上から注いだウイスキーを一息で飲み干した。ウイスキーは食道を焼き、胃の中で燃え上がった。私はむせそうになった。

きりきりと音がしそうなほど張りつめていた神経に、一杯のウイスキーの効果はすばらしかった。

もう一杯オンザロックを作ると、今度はゆっくりとすすった。選手時代は酒を飲まなかった。すべての生活が試合のためにあった。食事は、運動のためのエネルギー源でしかなく、デートで食事を楽しむということもなかった。

郁子はそれでも何も言わなかった。

沖縄では、泡盛を浴びるように飲んだ。あのまま飲み続けていたら、今頃はこの世にいなかったかもしれない。まっとうな酒の飲み方を覚えたのは、ようやく最近になってからのような気がする。

私が二杯目のオンザロックを飲み干し、もう一杯作るべきか迷っていると、玄関のチャイムが鳴った。

時計を見ると十一時半になろうとしている。こんな時刻に訪ねてくるのは何者だろう。私は警戒してインターホンの受話器を取った。

「熊猫です」

李正威だ。私は驚いた。横浜の篤心館のそばで姿を消した彼が、ここにいる。彼は、私にぴったりとついてきたのだろうか。それとも、例のランドクルーザーでここまでやってきたのだろうか。

私は、玄関のドアを開けた。

李正威はほほえんでいた。人なつっこい笑顔だ。ほんの一時間ほどまえに、暴漢を叩きのめしたのが信じられない。彼らにとってあの程度のことは日常なのかもしれない。

「先生、ちょっと来てもらえませんか?」

「どうしました?」

「この整体院の回りでうろついていた、怪しい男を捕まえました」

私は、急いで靴をはくと、李正威の後に続いた。消防署の通りにランドクルーザーが駐車していた。李正威は、くつろいだ様子で後部座席のドアを開いた。ルームランプが灯《とも》り、そこに座っている男が照らし出された。私は一瞬、その容貌にぎょっとした。

それは男が流している鼻血のせいだとすぐにわかった。シャツの胸のあたりに、血がしたたっていた。パイコウと李正威がその男に何をしたか一目瞭然《りょうぜん》だ。

その男の隣に座っていたパイコウが無言で車を降り、運転席に移動した。李正威は車の外に立っている。

私は、男の隣に乗り込んで車のドアを閉じた。男は、私のほうを見ていた。ルームランプが消えて、街灯の明かりがわずかに差し込むだけになった。

それでも男の人相ははっきりと見て取れた。肩章のついた時代遅れのシャツを着ており、安物のスラックスをはいている。汚れたスニーカーに、くたびれた肩掛け鞄《かばん》。これも安物だ。髪は二カ月ほど床屋に行っていないように見える。無精ひげが浮かんでいた。

たしかにその男の顔には見覚えがあった。能代春彦に間違いない。しかし、やはり私が知っている能代春彦ではなくなっていた。エリートビジネスマンだった頃の印象はない。

「こりゃ、ずいぶんな歓迎の仕方だな……」

変わり果てた能代春彦が言った。

「彼らは、私を守ろうとしているんです」

能代春彦は、不敵な笑いを浮かべた。

「劉昌輝んとこの連中だな？」

私はうなずいた。

言うべき言葉を探していた。しかし、それが見つからない。

能代が言った。

「神経質になっているのはわかるが、何もいきなり殴りかからなくてもな……」

私はパイコウを見た。パイコウは無言で前を見ている。おそらく、逃げようとした能代を捕まえようとして手荒なことをしたのだ。それが、彼らのやり方だ。

「いきなり殴りかかられたのは、私も同じです。しかも、最初は四人、あとの二回は五人……」

能代は驚いたように片方の眉を上げて見せた。

「そんなに何度も襲撃されているのか？」

私は、それを挑発と受け取った。私が怯《おび》える姿を想像して面白がっているのだと思った。

「十年前の罪は償われてはいません。あなたと同様に、私も苦しんだ。しかし、あなたがまだ不足だというのなら、私はその罰を受け容れなければならないのではないかと思いはじめました」

能代は、怪訝そうな顔をした。

「ちょっと待て……」

だが、しゃべりはじめたら止まらなくなっていた。私は、制止を無視して話し続けた。

「私は、苦労して今の生活を手に入れました。しかし、私にはその権利がなかったのかもしれない。沖縄でのたれ死にをすればよかったとも思います。人を雇ったのではなく、あなたが直接手をくだしたのなら、私はそれを黙って受け容れたかもしれません」

能代は、大きく目を見開いた。

「ちょっと待てと言ってるんだ。あんた、何を言ってるんだ？」

「あなたの憎しみと怨《うら》みを、私は受け容れなければならないと言ってるんです」

「あ……」

能代は言った。「あんた、俺が誰かに襲わせたと思っているのか？」

かつて、能代は私を「君」と呼んでいた。エリートビジネスマン時代とは、口調がすっかり変わってしまっていた。口調だけではない。目つきも態度も変わった。いかにも油断のなさそうな男になっていた。

能代はごまかそうとしている。私を混乱させて楽しんでいるにちがいない。

「電話秘書サービスから聞きました。すべての治療を止めろと言ったそうですね。脅迫まがいのやり方ではなく、あなたが直接私に言ったのなら、整体師をやめることも考えたでしょう」

能代は、かぶりを振って笑い出した。

私を嘲笑《あざわら》っているのかもしれない。

「とんだ誤解だ」

「誤解……?」

「まあ、無理もねえか……。三度も襲撃されりゃあ、誰もが怪しく見えるよな。たしかに、俺は、ここんとこ、ずっとこのあたりをうろついていたしな……」

「ごまかす必要はありません」

私は言った。「警察沙汰にする気はありません」

「だから誤解だと言ってるんだよ。整体院の前であんたが襲われたとき、助けてやったのは誰だと思ってるんだ?」

最初の襲撃のときのことだ。

助けてやったとは、いったい何のことだ。今度は私が怪訝に思って能代を見つめる番だった。

能代が言った。

「俺が、警察だ、って叫ばなければ、あんた、かなりやばかっただろう？」

思い出した。

たしかに誰かが、機転をきかせて襲撃者たちを追い払ってくれたのだ。それが能代だという。

私は混乱した。混乱させるのが能代の目的だろうか。しかし……。

「俺はある目的で、このあたりを張っていた。そしたら、あんたが帰ってきた。様子を見ていると、ちょっとばかりやばいことになってきた。俺は腕に覚えなんぞねえから、暴漢を腕ずくで追い払うことなんぞできねえ。だから、叫んだんだ。警察だ、ってな」

雇った連中の仕事を確かめるために様子を見ていたとも考えられる。見ているうちに、やりすぎだと感じて、思わず叫んだということはないだろうか……。

私が黙っていると、さらに能代は言った。

「俺が脅迫電話をかけただって？　冗談じゃねえ。俺があんたを脅迫する理由なんて、ねえよ」

「あなたは、私を怨んでいるはずです」

「何で、俺が怨まなきゃならねえんだ？」

私が言いよどんでいると、能代は不意に真顔になって言った。「郁子のことだな。まだ、引きずっているのか」

私は、思わず声を荒くした。

「忘れられるはずはありません」

能代はうなずいた。

「そうか。あんたが誤解した理由がようやくわかったよ。俺が、娘の自殺をあんたのせいにして、怨んでいると思っていたんだな？」

「知り合いの刑事からあなたの名前を聞いた瞬間に、私にはわかりました」

能代は、額をぴしゃりと叩いた。

「探偵が警察官の職質受けるんだから、どじ踏んだもんだよな……。だが、俺はちゃんと説明したぜ。そうしたら、赤城とかいう刑事が現れて、俺と取り引きしようと言いだしたんだ」

「取り引き……？」

私はさらに混乱した。「いったい、どういう取り引きです？」

能代は、運転席のパイコウを見た。私も思わずそちらを見た。能代が言いたいことはわかった。ここでは話しづらいというのだ。

私は迷った。能代の言うことを信用したわけではない。だが、彼の言いぶんを聞いてみたかった。

能代は言った。

「もっと落ち着けるところで話をしないか？　顔も洗いたいしな……」

能代は、こびりついた鼻血を手の甲で拭った。鼻血はすでに止まっているようだが、彼の顔や衣服はかなり血で汚れている。

考えた末に私は言った。

「私の家へ行きましょう」

能代は満足げに笑みを洩らした。車の外に出てそのことを告げると、李正威は、言った。

「それ、危ないよ。先生に何かあったら、私、劉社長に何を言われるかわからない」

「心配ない。この人は、古い知り合いなんだ」

李正威は、眉をひそめて能代を見た。それきり何も言わなかった。

私も能代も家に着くまで一言もしゃべらなかった。

私は能代をＬＤＫに招き入れ、ダイニングテーブルの椅子を勧めた。私は立っていた。能代は、さきほど私がオンザロックを飲んだグラスを見て言った。

「再会を祝って、一杯やるってのはどうだ？」

私は、二人きりになったら能代が私に刃物でも突きつけるのではないかと思った。能代がそうしたいのなら、それも仕方がないと心のどこかで思っていた。だが、正直に言うと死にたくはない。許しを請うより殺されたほうが潔いと言う人がいるかもしれないが、いざとなるとそうは思えない。

「それより、まず顔を洗ってきたらどうです？」

能代は言われて自分の両手を見た。血で汚れている。私は洗面所の場所を教えた。能代が洗面所に行くと、私はさらに落ち着かない気分になり、台所に眼をやった。包丁が目につくところにないか気になったのだ。包丁は棚の中だ。

私は、グラスをもう一つ取り出して、氷を入れた。それにウイスキーを注ぎ、自分のぶんも作った。

顔を洗った能代は幾分か人相がよく見えた。私がグラスを差し出すと、愛想良く笑い、グラスを掲げた。

能代が一口飲み、私も飲んだ。

「久しぶりだな。あれから十年か……」

私を憎んでいるような口振りではない。それとも、演技だろうか。もし、演技なら、なぜそんなことをするのだろう。

能代はテーブルに向かって椅子に腰を下ろした。私はまだ立ったままだった。

「あんたは、俺を警戒してるんだな?」

私は何も言わなかった。能代の出方をうかがいたかった。

「そうか……。あんたは、娘のことで自分を責めていたというわけか」

私はまだ黙っていた。

「十年もの間、ずっと……。この俺のようにな」

私は思わず聞き返していた。

「あなたのように?」

「そうだ」

能代は、またウイスキーを飲んだ。心地よさそうに大きく息を吐き出すと、彼は言った。「あんたも俺も同じように傷ついた。そして、責任を感じていた。俺があんたを怨むだって?」

能代はかぶりを振った。「いや、そんな余裕さえなかった。私は自分を責めるので精一杯だった」

能代は、本心を語っているのだろうか。私には判断がつかない。だが、嘘を言っているようには見えなかった。

能代は、くつろぎ、私との再会を楽しんでいるように見える。

不思議でならなかった。私は、憎しみの眼を向けられ、罵倒《ばとう》されるのを予想していた。

「なぜ……」

私は尋ねた。「なぜ、あなたが自分を責めなければならなかったのですか？」

能代は、悲しげな笑みを浮かべていた。

「私は父親だ」

彼は言った。「そして、だめな父親だった」

能代がウイスキーを飲み干した。私は、ボトルを取り、彼のグラスに注いだ。

「あんた、娘からどう聞いていたか知らないが、当時、我が家は険悪でな……。私と妻はほとんど話をしなくなっていた。原因は些細なことだ。妻は、私の浮気を疑っていた。猜疑心《さいぎしん》の強い女でね……」

意外な話のなりゆきに、私はどうしていいかわからなくなっていた。黙って聞いていることにした。

「まあ、きっかけはそんなことだが、それまで積もり積もっていたものが噴出したんだな。俺と女房の間は冷え切っていた。おそらく、娘にとっては針の筵《むしろ》だったにちがいない。そして、俺は家庭を修復する努力を怠った。仕事が忙しいのを言い訳にして、遅くまで外にいる日が続いた。家に帰りたくなかったんだよ。そして、娘は自殺した。娘は、妻に似て精神的にちょっと不安定なところがあった。家庭不和が自殺の原因かどうかは、わからない。そんなことで、人間が簡単に自殺するとも思えない。だが、原因の一つであることには間違いない。私は、娘のことに無関心だった。もっと、気をつけていれば、娘は死なずにすんだんだ」

能代は、ウイスキーをすすった。

私は、さらに能代が何か言うのを待っていた。だが、能代の話はそこまでだった。長い沈黙があった。私は、能代の言葉が偽りではないと感じた。私が感じていたのと、まったく同じことを、能代も感じていた。

遠くから車の音がときおり聞こえている。このあたりは静かだが、ちょっと行くと、外苑西通りや六本木通りがある。

かすかに遠くから聞こえてくる車の音は、都会の安らぎを感じさせる。

私のグラスの氷が溶けて崩れ、かすかな音を立てた。ついに私は口を開いた。

「私もまったく同じことを感じていたのです」

能代は穏やかにうなずいた。

「そのようだな」

私は、話した。自分の試合に夢中になり、彼女をないがしろにしていたこと。彼女を失い、空手の選手生命も失い、どんなに傷ついたか。そのときになるまで、いかに郁子が大切だったかに気づかなかった、私の愚かさ。それから、沖縄に行き、死人同然の生活をしていたこと……。

「私も似たようなものだった」

能代は言った。「じつは、娘が死ぬ直前に、俺たち夫婦は離婚を決めていた。娘がいなくなり、女房も去っていった。あとはお決まりのコースだ。酒に溺れ、会社勤めもままならなくなった……」

「傷害事件を起こしたそうですね」

「荒れてたからな。喧嘩は珍しいことじゃなかった。捕まったのがたった二度というのが奇跡のようだ」

「昔のあなたからは、想像もつきません」

「だろうな。俺も同感だ。だから、なかなかあんたに会いに来る踏ん切りがつかなかった。それで、こそこそと監視するような恰好《かっこう》になっちまったんだが……」

一人の女性の死に直面し、同じように傷つき、同じように生きた男がここに二人いる。私は、能代の言うことを信じることにした。

能代は言った。

「俺があんたを怨んでいるだって？　冗談じゃない。娘のことでそんなに気に病んでくれたなんて、感謝したいくらいだ。むしろ、俺のほうこそ、あんたに怨まれているんじゃないかと思っていた。父親の責任を果たせず、娘を死なせてしまった」

私は、十年の呪縛《じゅばく》から解かれたような気がした。郁子を失った無念さは消えない。これからも、私は自分を責め続けるだろう。しかし、能代春彦の言葉はたしかに私の心を少しばかり軽くしてくれた。

それと同時に私は、またしても困惑していた。

「暴漢を雇ったのは、あなたではないということですね？」

「ようやく納得してくれたか？　そんな理由はないさ。言っただろう。あの日、襲撃されるあんたを助けたのは、この俺なんだ」

「ならば、私を監視していたのは、なぜなのですか？」

「商売のためさ」

「商売……？」

「探偵なんて言ってるけど、仕事は厳しくてな……。スキャンダルは、金になる。俺は、スキャンダルのにおいがすれば、それに食らいつく。そういう生き方をしているんだ」

「スキャンダル……？」

「俺は、スポーツ雑誌であんたのことを見かけた。けっこうスポーツの世界では名が売れているようじゃないか。暇だったんでね、あんたのことをちょっと調べてみたんだ。最初は、たいした目的なんかなかった。懐かしい名前を見つけたんで、ちょっとばかり興味を覚えたってところだ。だが、調べていくと、あんたは、劉昌輝と付き合いがあることがわかってきた」

「劉さんは、ただの患者です」

「ただの患者か……。あんたはそう思っても、そうは思わない連中もいる」

私は何も言わなかった。赤城にも同じようなことを言われた。

「そして」

能代が言った。「あんたは、劉昌輝の紹介で、ＮＧ１の選手の治療を始めた」

「星野のことですか？」

「そうだ。星野は、膝と腰に爆弾を抱えているそうだな。これは、何かあると思ってね……。あんたの身辺でどんな人間が動きまわっているのか探ろうと思った」

「私が星野の治療をすることと、スキャンダルとどうつながるんです？」

「劉昌輝は、どうしても星野に勝ってほしいんだ」

「劉さんが、格闘技好きなのは知っていますが……」

「先生は、いい世界に住んでいる。俺みたいにすっかり人生の裏側に落ちちまった人間は、においを嗅ぎつける」

「におい？」

「そうだ。ぷんぷん臭う。劉昌輝は道楽で動くような人間じゃない。何か大きな商売絡みだ。たとえば、NG1で、星野に大金を賭けているとか……」

能代の言うことは納得できた。友人だからという理由で、劉昌輝が私にガードをつけるというのは、どこか不自然な気がしていたのだ。

利害が絡んでいるとなれば、うなずける。

しかし、と私は思った。

「勝負というのは、時の運です。私が治療しようがしまいが、星野は勝つときは勝つし、負けるときは負ける」

　能代はかぶりを振った。

「ヤクザやマフィアの賭けってのは、そういうもんじゃない。がちがちの本命に大金をぶち込むんだ。劉昌輝が何かの賭けを企てているとしたら、彼は勝つためにあらゆる努力を惜しまないだろう。星野のコンディションを最良に保つのも、その努力の一環というわけだ」

「相手に賭ければいい」

　私は言った。「星野の膝が悪く、まともに戦えないことを知っているのなら、別の選手に賭ければいいんだ」

「おそらく、儲《もう》けが薄いんだろう。それに、対抗馬は、サム・カッツという選手だが、本来の実力から言えば、星野のほうが上なんだ」

「しかし、私が治療したからって、事態はそう変わりませんよ」

「そいつは謙遜《けんそん》だろう。あんたの整体は魔法だという評判だ」

「評判が一人歩きしているんです」

　能代は複雑な表情になった。

「それが本当だとしても、世間はその評判のほうを取り沙汰するんだ」

私は、能代の言ったことをしばらく検討していた。そして、かぶりを振った。賭けというのが、どうもぴんとこなかった。

「私には、信じられない話です」

「スポーツや格闘技の興行に賭けはつきものだ。まあ、俺だって証拠を握っているわけじゃない。こいつはただの推理にすぎないんだ。ただ、あんた、治療を止めろと脅かされたんだろう？」

「そういう電話が来ました」

「それは、星野の治療を止めさせたいやつからの電話かもしれない」

相手は、すべての治療を止めろと言ってきた。たしかに、星野の治療も含まれる。私には判断がつかなかった。しかし、襲撃されたり、脅迫電話がかかってきたのは、確かだ。

そのとき、私は不意に思い出した。

最初の襲撃だ。彼らは、私の右手を壊そうとした。あれは、しばらく治療ができなくすることが目的だったと考えられなくもない。

二度目からは、それより手っ取り早い方法を選んだのだ。つまり、刃物で傷つけ、当分動けなくするか、あるいは殺す。

「襲撃してきたやつらは、私の治療を妨害しようとした……」

「おそらくな……」

「何者でしょう」

能代は肩をすぼめて見せた。

「さあな。俺にはわからねえ。だが、劉昌輝が無関係とは思えねえな」

私は赤城のことを思い出した。

「赤城さんと取り引きをしたと言いましたね？　どんな取り引きをしたんです？」

「俺は、あんたと星野、そして劉昌輝の関係を話した。そうしたら、あいつは言った。俺の調査を邪魔しない。その代わり、わかったことを教えろ……。この条件を呑まなかったら、俺は何かの罪状をくっつけられて、逮捕されてただろうな」

「赤城さんは、あなたが、何もしゃべらなかったと言いました」

「任意で引っぱられたんだぜ。黙ってることなんてできないさ。警察はそんなに甘くない」

赤城は私が思ったよりずっとしたたかだったということだ。たしかに警察は甘くない。甘いのは私のほうだった。

「俺がこのあたりをうろついていたら、劉昌輝の手下にとっ捕まった。俺は、ますます劉昌輝はあんたが襲撃されたことに関係あると思うようになった」

「つまり、こういうことですか？」

私は考えながら言った。「劉昌輝は、私に星野を治療するように段取りを組んだ。そして、私に星野を治療させたくないやつがいて、それが私を襲撃した」

「単純に言えばそういうことだな」

「そして、劉昌輝はそのことを知り、妨害を排除しようとしているわけですか？」

「おそらくな……」

「劉さんは、妨害しているやつらが何者か知っているのでしょうか？」

「わからん」

能代は言った。「そのへんについては、何とも言えん。劉昌輝は、底の見えない井戸のようなものだ」

私はうなずいた。たんに、能代の言ったことがわかったという意味ではない。私の立場がわかったということだ。

私は、劉昌輝のてのひらで踊らされていただけなのかもしれない。

「わかるかぎりのことを調べてみる」

能代が言った。「それが金になるかもしれない。調べれば、あんたを襲撃したのが何者かもわかるだろう」

「危険ですね」

私は言った。能代はただうなずいただけだった。

私は、能代のグラスにもう一杯注ごうとした。能代はそれを片手を上げて制した。

「お互い、酒では苦い思いを味わっている。飲みすぎないようにしないとな……」

私は、ボトルを置いた。

能代は、立ち上がった。

「さて、引き上げるとするか。名刺を置いていく。何かわかったら教えてくれるか?」

テーブルの上に名刺を置いた。

彼は玄関のほうに行きかけて、ふと立ち止まり振り返って言った。

「娘のこと、忘れないでいてくれて、ありがとうよ」

私は、何か言おうと思った。だが、言葉が出てこなかった。ただうなずくしかなかった。

能代は出ていった。

9

襲撃者は能代に雇われた連中ではなかった。私は、ある想像をしてぞっとした。能代の怨みだと勘違いしたまま、抵抗する気持ちをなくして、襲撃者に殺されるところを想像していたのだ。

私の側には、襲撃される理由はなくなった。ならば、本気で抵抗するまでだ。幸い、今のところ、劉昌輝がボディーガードをつけてくれている。

劉の目論見《もくろみ》が何であれ、その事実はありがたかった。

私は、もう一つ問題を抱えていた。星野の膝《ひざ》を治さなければならない。中島のトレーニングによって悪化した膝を、なんとか戦える状態にまで持っていかなければならない。

劉昌輝はそれを望んでいる。

私もそれを望んでいる。

そして、誰より星野本人が望んでいるはずだ。

いくつかの思いはよこしまでも、星野の思いは純粋なはずだ。彼は、戦いたいのだ。そして、勝ちたいのだ。

その思いにはこたえてやりたいと思う。

問題は、時間がないことだ。私は焦りを感じていた。


笹本有里が治療にやってきたので、私は尋ねた。

「例のストーカー君はどうした？」

「ああ、渡辺君ね。話をしたよ」

「話をした？」

私は驚いた。「あのとき、二度と近づくなと言ったはずだ」

「冷静になって考えてみればさ」

有里はあっけらかんと言った。「無言電話や脅迫の手紙があったわけじゃないし……。話してみれば、そんな悪いやつじゃなかったよ」

「それで、どういうきっかけで話をしたんだ？」

「彼、大学にやってきてさ。練習が終わって体育館から出てきたところで、待ってたんだ。そして、声をかけてきたから、まあ、お茶するくらい、いいかなって思って……」

若者たちの気まぐれに、真剣に付き合っていたのがばからしくなってきた。

「それで、付き合うのか？」

「冗談！　話をしただけだよ」

「また、会うんだろう？」

「まあね。また、あいつが会いに来たら、話くらいはするかもね」

「彼の気持ちを弄《もてあそ》んでいるように聞こえるがな……」

「大丈夫。彼、思ったよりずっとドライだよ」

「ドライね……」

私は、有里の治療を始めた。若者の付き合いというのは、いつの時代でも奔放なものだ。私にだって覚えがないわけではない。

私は、少しばかり嫉妬している自分に気づいた。有里と渡辺滋雄に対して嫉妬したわけではない。若さに対する嫉妬だ。

腕の傷もかなりよくなり、治療するにもあまり苦にならなくなってきている。私は、自分の傷より星野の膝が気になっていた。

治療を終えて有里が帰り、一時間ばかりすると、渡辺滋雄が訪ねてきて、私は驚いた。

「先日はご迷惑をおかけしました」

滋雄は言った。挨拶に来たというわけだろうか？　最近の若者にしては礼儀をわきまえている。

「有里と話をしたそうだな？」

「はい。どうしても、もう一度話をしておきたくて。嫌われたままじゃ、後味悪いじゃないですか」

「それで、体育館の外で待ち伏せをしたわけだ」

「ええ。追い返されるのを覚悟で……」

滋雄は、ジーンズのジャンパーにジーパンという恰好《かっこう》だ。ありきたりの目立たない服装だった。ポケットのカバーに小さなバッジをつけている。卍の形に見えた。

若い頃は妙なデザインのアクセサリーを身につけたがるものだ。卍は、寺のマークでもあり、少林寺拳法のシンボルマークでもある。

滋雄は格闘技フリークらしいから、少林寺拳法でもかじっているのかもしれない。

「声をかけたらしいから、その勇気は評価できるな」

「あの……」

滋雄は話題を変えた。「星野雄蔵の膝の具合はどうですか？」

どうやら、訪ねてきた本当の目的はこちらのほうらしい。熱心なファンとしては、膝の様子をどうしても知りたいのだ。

正直にこたえることはないと思った。

「まあまあだ」

「サム・カッツと戦える状態なんですね？」

「まだ、二週間以上ある」

「サム・カッツは、前回の試合よりパワーアップしているということです」

私はうなずいた。

「試合経験を積めば積むほど、手強い相手になるんだ」

そのときになって、私は、大事なことを忘れていたことに気づいた。

星野の膝のことばかり気にしていた。当初は、中島がトレーナー兼コーチとしてついていたので、対戦相手のことについて私が気にする必要はなかった。

しかし、磐井館長は、中島を外して私に星野を任せると言ったのだ。滋雄は何度もサム・カッツの名を口に出した。確か、能代春彦も、サム・カッツが対抗馬だと言っていた。

私は滋雄に尋ねた。

「サム・カッツというのは、どういう選手なんだ？」

滋雄は、意外そうに私を見た。

「知らないんですか？」

私は自分の無責任さをなじられたような気分になった。

「知らない。教えてくれ」

「ドイツ系のオランダ人です。身長百九十五センチ、体重九十五キロ。キックの選手で、パンチもキックも、強烈ですよ」

「どんな技が得意なんだ？」

「リーチを活かしたロングフックですね。それにローキックも得意です。ローだけで何人もノックアウトされています」

「星野にとっては、もっとも危険なタイプの相手というわけか……」

「星野雄蔵の膝を壊したのも、サム・カッツだと言われています。星野本人は何も言いませんが……。二年前に決勝トーナメントの一回戦でサム・カッツと当たったんです。その試合以来、膝の具合が悪くなったと、みんな言っています」

「みんなって？」

「ファンとかです」

ファンの情報収集能力というのはあなどれない。

「ファンの間では、今度の試合について、どういう見方をしているんだ？」

「どういう見方？」

「つまり、単純にいうとどっちが勝つか、ということだ」

「僕は星野が勝つと信じていますよ。でも、なかにはサム・カッツのほうが優勢だというやつもいます。とくに、格闘評論家気取りのやつなんかは、そう言ってます」

「つまりは、冷静に見ると、サム・カッツが有利だというわけだ」

「膝しだいですよ」

私は考え込んだ。身長も体重もサム・カッツが上回っている。私がかつてやっていた素手の打ち合いと違い、グローブをつけて殴り合う場合、体の大きさや体重差は決定的だ。だからボクシングはウエイト制を採用しているのだ。

その上、膝を傷めているとなれば、星野の劣勢は誰が見ても明らかだ。私は責任感に押しつぶされそうな気分になってきた。

「NG1では、大がかりな賭けが行なわれているという噂《うわさ》があるが、知っているか？」

滋雄は眉をひそめた。

「さあ、聞いたことありませんね」

「そうか……」

「でも、そういうことがあっても不思議はありませんね。スポーツの試合に賭けはつきものですよ。ヤクザやマフィアが興行に協力するのも、そういう余禄があるからでしょう」

なるほど、滋雄はなかなか世の中のことを知っているようだ。かつて、私がいた団体でも、その筋の連中が暗躍していたものだ。

当時、世間知らずだった私は、武道の試合にどうしてヤクザ者が絡んでくるのか不思議だった。

「そういえば……」

滋雄は言った。「サム・カッツはかつて、オランダのマフィアの用心棒をしていたそうです。今でも、付き合いがあって不思議はないですね。どこの国でも、格闘技で食っていくにはスポンサーが必要です。たしかに、サム・カッツのバックにはオランダ・マフィアがついているという噂があります」

派手な興行をやる団体ほど、そういう筋との付き合いは増える。日本には無数の空手の団体があり、一年に催される大会は、百を越すかもしれない。だが、その中で一般の人に知られているのは、ほんの二、三団体に限られる。

その他の団体の試合はじつに地味なものだ。たいていは、地区の公共の体育館などを借りて行なわれる。選手の身内しか見に来ないのだから、客席は閑散としている。

「オランダ・マフィアか……」

「ええ。日本ではあまり馴染《なじ》みはありませんが、えらく乱暴な連中らしいですね。サム・カッツはその用心棒をやっていたというんですから、度胸はありますよ。ラフ・ファイトに関しては、ナンバーワンでしょう」

街中の喧嘩で鳴らした者が、格闘技の世界で名を成すのはよくあることだ。日本のボクシングの世界でも聞かれることだし、マイク・タイソンなどはいい例だ。

それ自体は悪いことではない。誰でも脚光を浴びる権利はある。

私は、滋雄に言った。

「いろいろと参考になったよ」

滋雄は、整体院を去る前に言った。

「先生、星野の膝をよろしくお願いします」

私は、任せておけと言ってやった。


私は、能代の名刺を手にして眺めていた。やがて、そこに記されている携帯電話の番号にかけた。

能代は、電車に乗っているとかで、あとでかけ直すと言ってきた。マナーを守る男のようだ。十分後に、電話が『パックス秘書サービス』から転送されてきた。

「サム・カッツはオランダ・マフィアと関わりがあるようです」

私は、言った。それだけで、能代は理解するはずだ。

「オランダ・マフィアか……。なんだかぴんとこねえな……」

「日本ではあまり聞きませんが、国際舞台ではどうなんでしょう」

「まあ、調べてみるよ。こっちも、ちょっとばかり進展があった。劉昌輝は、NG1の大口スポンサーだったよ。NG1のバックには、華僑《かきょう》マネーがついていたってわけだ」

いろいろとからくりが明らかになってきた。

劉昌輝が、星野を私に紹介したのは、たんに格闘技ファンだからではないらしい。劉のような人物は、損得抜きで骨を折ったりはしない。

そんなことは考えればわかることだが、私は考えようともしなかった。考える必要がなかったのだ。だが、今は違う。

「だが、賭けの胴元をやっているかどうかはわからない」

能代の声が聞こえてきた。

何もかもがぼんやりと、霧の中に霞んでいるように感じられる。しかし、かすかに何かの輪郭が見えはじめたのも確かだ。

「明日は、また星野の治療に行きます。何かわかったら、また連絡します」

「すまねえな。こんなにあんたが協力してくれるとは思わなかった」

「私のためです。私にはあなたの情報が必要だ。襲撃してきたのが何者なのか突き止めなければなりません」

「お互いの利点がはっきりしていると、安心だな」

電話が切れた。

汗のにおい。

サンドバッグを打つ音。

道場生の気合い。

私はふたたび、そういう世界に組み込まれていた。ただたんに膝を治療すればいいという立場ではなかった。中島が星野から手を引いた今、私は、彼のコンディション作りすべてに責任を持たなければならなかった。

私は、試合というものを離れて十年経つ。正直に言って不安だった。それをそのまま星野に伝えた。見栄を張っている場合ではない。

すると、星野は言った。

「自分も経験を積んでいます。自分のコンディション作りには、自分で責任を持ちます」

たしかに星野の言うとおりだ。

私の最大の役割は、星野の膝を治療することだ。

膝の腫《は》れはまだおさまらなかった。スパーをやるときには、念入りにテーピングを施した。負荷を減らし、回数を増やした筋肉トレーニングをやらせていた。

いつか中島が言っていたとおり、靭帯《じんたい》の損傷を周囲の筋肉で補うためだ。そのトレーニングの成果もまだ表れてはいない。

中島が遠くから私の様子をうかがっている。眼が合うと、不機嫌そうにそっぽを向いた。中島の妨害さえなければ、星野の膝はもっとずっと早く回復していたはずだ。

そう思うと腹が立ったが、考えないことにした。時間を元に戻すことはできない。とにかく冷やして、周囲の炎症や血行の滞りをなくしてやるしかない。それと、全身の骨格調整だ。体のバランスを整えるだけで、自然治癒能力が高まる。

「決勝で当たる相手はサム・カッツなんですね?」

私は星野に尋ねた。

「そうです」

恥ずかしながら、そのときに私は初めてNG1の試合の仕組みを聞いた。すでに、予選と準決勝は終わっているのだという。今度の試合は、決勝戦と、三位決定戦の試合だけが行なわれる。

カードは決定しているのだ。

「私はまだサム・カッツの試合を見たことがありません。ビデオがあれば見たいのですが……」

「館長室に行けば見られます」

私は、星野といっしょにサム・カッツの試合を見ることにした。

館長は留守だった。外を駆け回っていることが多い。

応接セットの脇にテレビとビデオデッキがあった。棚には、これまで商品化されたNG1のビデオが並んでいた。

「これ、去年の試合です」

そう言って、星野がビデオテープをデッキにセットした。

サム・カッツは、アングロサクソンの理想を体現したような金髪に青い眼の選手だった。その金髪を短く刈っている。青い眼は氷のように冷ややかだ。

星野がサム・カッツと戦っていた。一回りサム・カッツが大きい。ボクシングでは、ウエイト制のためにだいたい似通った体格の選手同士が戦う。それを見慣れているせいか、ちょっとばかり奇妙な感じがした。

第一ラウンドは、探り合いといった感じだ。サム・カッツは、しきりにジャブを出してくるが、そのジャブも一発一発が重そうだ。

食らえば、足が止まる。

第二ラウンドで、サム・カッツは勝負をかけてきた。仕掛けが早いファイターのようだ。リーチは長いがアウトボクサータイプではない。前に出てきて、打ち合うのを好む。喧嘩好きのタイプだ。

ジャブで牽制《けんせい》して、ロングフックか、ローにつなぐ。オーソドックスな戦い方だが、タイミングを心得ている。これも、街中の喧嘩で培った勝負勘かもしれない。

滋雄はローキックが得意だと言っていたが、ハイキックも侮れない。相手が下がると見るや、すかさず長い足を頭部に飛ばしてくる。

華麗でなおかつ残忍。それが、サム・カッツの印象だった。

星野の戦い方は、悲愴《ひそう》な感じがした。第二ラウンドの途中から、足が満足に動かなくなっていた。

膝のせいだ。

サム・カッツは、何度かローキックで星野の左脚を攻めていた。相手の弱点を攻めるのは、格闘技では常套《じょうとう》手段だ。

勝負は第三ラウンドで決まった。

星野は、左のキックを使いはじめた。痛む左を軸足に使えないので、右足を軸にして、左を相手の内股に叩きつけるのだ。

それが功を奏しはじめた。下肢に弱点を持つ白人選手は少なくない。骨格上、腰高でどうしても下肢に対する攻撃に弱いのだ。的も大きい。

星野は、徹底した接近戦でサム・カッツのロングフックを封じ、左のローキックを打ち続けた。おそらく、一発ごとに飛び上がるほど膝が痛かったはずだ。捨て身の攻撃だ。

やがて、サム・カッツはその内股蹴りを嫌がり、後ろに下がった。その瞬間を星野は見逃さなかった。痛烈なアッパーがサム・カッツの顎《あご》を捉える。一瞬、意識が飛んだにちがいない。よろけたサム・カッツの内股に、また左のローキックを叩き込んだ。

サム・カッツはマットに崩れ落ち、立ち上がることができなかった。

その前の年の試合も見た。そのときは、星野が敗北していた。サム・カッツがローキックで勝ちを納めたのだ。

その瞬間がビデオに映し出された。偶然か故意かわからない。だが、サム・カッツのローキックは、大腿部《だいたいぶ》ではなく、たしかに膝関節に真横から炸裂《さくれつ》していた。偶然だと思うことにした。試合中の事故は避けられない。

滋雄が言っていたことは事実だろうと思った。この試合で、星野は膝を傷めたのだ。すぐにちゃんとした治療をすれば、悪化はしなかったかもしれない。

だが、その後もだましだまし練習と試合を続けた結果が今の状態だ。

「接近戦に持ち込もうと考えたのは、この負け試合の反省からなんです」

星野は言った。「サム・カッツは、インファイターです。だから、最初に対戦したときは、間合いを取ろうと思ってしまって……。それが失敗でした」

私はうなずいた。

「接近戦を好む選手から逃げようとするのは自殺行為です」

「それで、翌年は徹底的に接近戦を練習して臨みました。それと、内股蹴りです。もともとキックの選手だったサム・カッツは、あまり内股蹴りの経験がなかったんです」

大腿部の内側を蹴るというのは、空手の金的蹴りの応用だと聞いたことがある。もっとも、私が選手の時代にはそのような技はなかった。

「今年は、その対策を練ってくるでしょうね」

「そう思います」

「痛かっただろうな……」

私がつぶやくと、星野は虚を衝《つ》かれたように私を見た。

「え……?」

「左のローです」

「ああ……」

星野は苦笑した。「あれしかなかったんですよ。試合中はあまり覚えていないんですが、終わってから、歩けませんでした」

今年は、そんな思いをさせたくない。ビデオを見終わった私は、切実にそう思っていた。

「あの……」

星野が、遠慮がちに言った。「自分に対して敬語は必要ありません」

「何です?」

「先生の言葉使いです。これから中島さんの代わりに先生が面倒を見てくれるのでしょう。ならば、びしびし命令口調でやってください」

「あなたが、そのほうがいいのなら……」

「おまえでいいです」

星野が言った。「自分から、そういうのに慣れていますから……」

私はうなずいた。

「じゃあ、そうさせてもらおう」

「一つ、お訊きしたいことがあったんです」

「何です？」

私は言い直した。「何だ？」

「館長が言っていました。美崎さんは、フルコンタクト空手の選手を引退したあと、沖縄古流の空手を学ばれたとか……」

「そうだ。沖縄を放浪しているときに、上原正章という師に出会った。整体の基礎を習ったのもその先生からだ」

「フルコンタクト空手を止められたのは、膝のせいですか？」

「そうだな。あの頃は、試合がすべてだったから、試合に出られないとなると、もう空手を続けている意味がないと思ったんだ」

「でも、また空手を始められたのですね」

「上原老人に笑われたんだ。膝が悪いの腰が悪いのと言っていたら、わしらは空手なんぞできないってな」

「その上原先生は、強かったんですか？」

私は、うなずいた。

「強かった。信じられないくらい」

「でも、膝を傷めたとはいえ、先生も日本選手権に出場したくらいの選手だったんでしょう。老人を相手に遅れを取るとは信じられません」

「上原老人に初めて会ったときは、私も同じ気持ちだったよ。当時、私は、ろくなものを食っておらず、酒に溺れていた。内臓はぼろぼろで、半死半生の状態だった。だから、敵《かな》わないのだと思っていた。だが、体が回復して、戦ってみても敵わない。今度は、膝のせいだと思った。膝さえまともなら、こんな老人に負けるはずはないってね。だが、しばらくして気づいた。上原老人は、膝どころではないハンディーを背負っていた。年齢だよ。私は上原老人のような年齢になったときに、同じように戦えるだろうかと考えた。それに気づいたときは、愕然《がくぜん》とした」

星野は、真剣に聞いていた。

「それから、真剣に上原老人の空手を習いはじめた。上原老人の足運びは、それまで私が本土で見たどんな空手とも違っていた」

「どんなだったんです？」

「本土では伝統派でも、スタンスを広く取って腰を低く構える。腰が低ければ低いほどいいとされている。フルコンタクト空手では、ステップを使う。そのどちらとも違っていた。日常の姿勢と変わらないんだ。普段歩くように歩を進める。その姿勢で強力な突きを出す」

「フルコンタクト空手でもアップライトの選手はいます」

「理屈がまるで違っているんだ。本土の空手では、アップライトの選手も、パンチを打ち込む瞬間に踏み込んで上体を加速しようとする。だが、上原老人の空手は、完全に体の軸の回転で打つんだ。立ち腰で、自然な足運び。これなら、膝を壊した私にもできると思った。そして、上原老人の強さの秘密は、タイミングだ。すべての技が完全なカウンターで決まるんだ。攻撃するほうは為す術がない」

星野は目を輝かせて、わずかに身を乗り出した。

「自分が伝統空手の話を聞くときに、いつも疑問に思うのは、その神秘性なんです。型には何か神秘的な威力が隠されているような言い方をするじゃないですか。でも、それは試合には役に立たない」

「私は、そういう議論に興味はない。ただ、上原老人は本当に強かったと思うだけだ。上原老人の空手の技は、棒を持てばそのまま棒術の技になり、鎌《かま》を持てば、そのまま鎌術の技になった」

「ちょっとイメージできないな……」

星野は不思議そうな顔をした。無理もない。彼の中では、素手の空手と棒などの武器術はまったく別のものなのだ。

「そういう技なんだとしか言いようがないな」

「しかし、それだけでは、強さが理解できません」

「大切なのは体さばきだ」

「体さばきって、ステップのことでしょう？」

「微妙に違う。上原先生の空手は、後ろに下がらないことを基本にしている。だが、下がらなければ、蹴りやパンチを食らってしまう。そこで、体をわずかに左右にさばくんだ。左に移動しながら前に出る。あるいは、右に移動しながら、前に出る。そうすると、一瞬にしてインファイトしてカウンターが打てる」

「誰でもやってることじゃないですか」

「大切なのは、タイミングだ。相手の攻撃が来てからでは遅い。相手の攻撃の途中に飛び込むような感覚だ。そして、大きくステップしないことも大切だ。野球をイメージしてみるといい。バッターが一番打ちにくいのは、手元で微妙に変化する球だという。最初から大きく変化してくる変化球は打たれてしまう」

星野は、ようやく何かを理解したようだ。

「つまり、バットが相手の攻撃だとしたら、こっちはピッチャーの投げた球というわけですね」

「そうだ。手元での微妙な変化が一番対応しにくい」

「自分は、先生からそういう話を聞きたかったのです。それ、サム・カッツとの試合に応用できませんか?」

私は疑問に思った。

上原老人の空手は、完全な護身技だ。日常の所作を基本としている。攻撃されるときは、自然体で立っていることが前提となっているのだ。互いに隙《すき》をうかがって激しく動く試合とは、理屈の成り立ちが違う。

私は、そのことを星野に説明した。

だが、星野は諦《あきら》めずに言った。

「今、野球のことを例に喩《たと》えたじゃないですか。野球よりも、同じ空手のほうが、近いじゃないですか。きっと役に立つはずです」

私は、星野の必死さに気づいた。

何かヒントがほしいのだ。藁《わら》にもすがる思いなのかもしれない。

「篤心館には篤心館のスタイルがあるはずだ。おまえのスタイルもある。NG1のような試合は、古流の護身術が通用するような世界じゃない」

「大丈夫です」

星野は言った。「何も、先生から習った技で戦おうというんじゃないんです。何か大切なヒントがあるような気がするんです」

「試合まであと二週間ほどしかない。よけいなことをして、おまえの試合勘を崩したくないんだが……」

「何か新しい工夫が必要なんです。サム・カッツは去年の敗北をバネに、さらにトレーニングを積んでくるでしょう。去年と同じ手は通用しません」

私は、大きく息を吸い、そして吐いた。

「まあ、遊びのつもりでやってみるんだな」

その日、さっそく古流の体さばきを教えた。他の選手の練習が終わった後に、二人きりで稽古をするのだ。秘密練習だ。

試合間近になると、情報戦も大切になってくる。格闘技雑誌の取材など報道陣の出入りも増える。人目につかないところで練習がしたかった。

古流の体さばきといっても、やることは単純だ。斜め前に小さく足を運ぶだけだ。あとは、相手に対して体がはすになるように気をつければいい。攻撃から正中線を守るためだ。人体の急所は正中線に集中している。

星野には、これが難しいらしい。ボクシングスタイルのグローブマッチに慣れている星野は、常に相手と正対しているのが癖になっている。

私はまだ危惧していた。

NG1のようなグローブマッチでは、ボクシングスタイルがもっとも合理的なのかもしれない。星野は長年の練習でそれを自分のものにしている。

古流の体さばきなど学んでも、かえって彼を混乱させるだけの結果となる恐れがある。

私は、彼の完成したスタイルが、壊れるのを恐れたのだ。だが、星野は知りたいと言った。あとは、星野のセンスに任せるしかない。

私は、篤心館を出ると、いつもとは別の道を通った。ずいぶんと遠回りだが、人通りの少ない暗い道を避けて、桜木町ではなく関内《かんない》駅に出ることにした。

まるで小娘のような用心だ。だが、三度も襲撃されると誰でも臆病になる。おかげでその日は何事もなく自宅まで戻れた。

パイコウや李正威の姿も見かけていない。平穏な日常というのが、いかにありがたいかと思いながら、眠りについた。

10

昨夜のおだやかな気分は、朝刊を読んでいる間に吹き飛んでしまった。

社会面。四コママンガのすぐ脇に、小さな記事が載っていた。中国マフィア同士の抗争事件として載っていたが、被害者の名と犯行現場が私に無関係でないことを物語っていた。

李正威が殺された。殺害現場は、横浜本町六丁目。篤心館道場のそばで、私が二度にわたり襲撃を受けた場所だ。

私は陽気な李正威のことを思い出していた。知り合って間はなかったが、忘れることはできない人物になっていた。パイコウと李正威のおかげで、ここ数日は、安心して暮らすことができた。

李正威は、刃物で刺されたのだという。

私は、劉昌輝に電話をした。いつもの、大陸訛《なまり》の男が出た。

「ああ、先生。ちょっと待ってください。社長が、話します」

いつもと変わらぬ口調だ。しかし、いつもよりずっと長く待たされた。

独特の声で、劉昌輝が出ると、私は言った。

「李正威さんが、亡くなったと新聞で読みました」

「残念なことです。たいへん、残念な……」

「殺された場所は、篤心館のそばです。私が二度目と三度目の襲撃を受けた場所です」

「先生、落ち着いてください」

「そして、私は昨日、篤心館に出かけていた」

「横浜は私たちの土地です。何が起きても私は驚きません」

「李正威さんは、私をガードしていた。それで殺されたのですね?」

「先生、これは抗争事件だと新聞にも出ていたでしょう」

「それを信じろというのですか?」

「信じていただきます。李正威のことは先生とは何の関係もなかった。いいですね?」

劉昌輝の声音は、真冬の鉄柵《てっさく》のように固く冷たかった。激しくはないが、絶対に逆らうことを許さない口調だ。

「私は責任を感じているのです。この気持ちをわかっていただきたい」

「油断ですよ、先生」

「油断？」

「前にもお話ししたでしょう。誰しも、油断するものです。そして、ある世界ではちょっとした油断が命取りになる」

「殺されたのは本人の責任だと？」

「そうです」

劉昌輝は、平然と言った。

彼らとは、死に対する価値観が違う。私は、言葉を失った。

劉昌輝の声が聞こえてきた。

「李正威は先生のことが好きだと言っていました。先生をガードできてうれしいとも……」

私は、激しく胸をかきむしられる思いだった。知らず知らずのうちに、右手の拳を強く握りしめていた。

「線香を上げにうかがいたいのですが……」

しばらく間があった。

「今日は取り込んでいます。明日の夜にお待ちしています」

劉昌輝は電話を切った。

私は受話器を置くと、しばらくその場に佇《たたず》んでいた。


赤城がやってきたのは、その日の午後だった。もう一人、刑事を連れている。つまり、プライベートな訪問ではないということだ。

患者が一人いたが、刑事たちは強硬で、私は患者を待たせなければならなかった。待合室に患者を待たせ、刑事たちを施術室に招き入れた。

赤城は、いつものとおり、機嫌が悪そうだった。

そして、そのとなりにいる若い刑事も同様に不機嫌そうな顔をしている。一般市民に笑顔を見せると損をすると考えているのかもしれない。あるいは、たんに先輩刑事の真似をしているのだろうか。

赤城は、施術台に腰を乗せた。若い刑事はその横に立った。私は、受付の机から椅子を持って来て座った。一瞬、デジャヴを起こしたと思ったが、それはデジャヴではない。同じようなことが実際に前にもあったのだ。

「なんだか、劉昌輝のところがきな臭くなっているようなんだが……」

「新聞で読みました。李正威という男が殺されたそうですね」

「今月に入って、劉昌輝の手下が二人も殺された。先生は何か知ってるんじゃないのか？」

「私が襲撃されたことと、何か関係があると、まだ考えているのですね？」

「ああ。じつは考えている」

「赤城さんは、私を襲撃した連中の黒幕が能代春彦でないことを知っていた……」

赤城は頭をかいた。

「本人と話したんだな？」

「話しました」

「それで？　何がわかった？」

私は腹が立った。李正威の死がこたえているのかもしれない。冷静になれない気分だった。

「あなたには、何も話したくないんですがね……」

赤城は、表情を変えない。だが、となりの若い刑事は、明らかに腹を立てた様子だった。

赤城が溜め息混じりに言った。

「知っていることは話したほうがいい。いいかい、先生。何が起きているにしても、素人に対処できる問題じゃない。警察に任せるしかないんだ」

「警察に任せて、私はその後、二度も襲撃されたのですよ。つまり、私は三度も襲われたということです」

赤城は、片方の眉を上げて見せた。

「三度目の襲撃は、いつのことだ？」

「あなたは、私に護衛をつけるようなことを言っていました。もし、本当に護衛をつけていたのなら、それがいつかわかったはずです」

赤城はかぶりを振った。

「先生、警察はサービス業じゃないんだ。護衛を雇いたいのなら、警備保障会社がいくらでもあるんだよ。俺は、あんたが、劉昌輝の自宅に出かけるときに、監視をつけると言ったんだ」

「私が殺されでもしなければ、あなたは私に関心を持たないということですね」

「そういうことじゃないんだ、先生。警察にもできることとできないことがあるということだ。三度目に襲撃されたのは、いつのことだ？」

「私は話す気がないと言ったでしょう」

若い刑事がいきなり怒鳴った。

「いい加減にしろ。痛い目を見ることになるぞ」

若造の言うことなど、鼻であしらってやりたかった。だが、残念ながらこちらにもそういう精神的余裕がない。

私は、彼を睨《にら》みつけて言った。

「やってみろ。ここんところ、暴力沙汰には慣れっこなんだ」

私は、傍らに立てかけてあった杖に手を伸ばした。

「先生」

赤城が言った。「ここでしゃべったほうがいい。でなけりゃ、任意で来てもらうことになる」

「任意同行には同意しない」

「ならば、こいつと一戦交えるんだな。そうしたら、公務執行妨害でしょっ引く」

赤城は本気だった。

こうなれば、こちらも意地にならざるをえない。子供の喧嘩といっしょだ。

「私が本気で戦って、まだあんたたちが私を署まで連行する元気があるかどうか、試してみるといい」

私は杖を手に取って立ち上がった。

「ふざけやがって……」

若い刑事が前に出てきた。私の胸ぐらを両手でつかんだ。私は、杖を彼の両手首に上からあてがい、それを自分の胸に押しつけるように両手で持って引いた。

手首の急所を決められ、若い刑事は悲鳴を上げながら床に膝をついた。私の気はまだ収まらない。

胸と杖でしっかりと相手の手首を固定し、急所を攻め続けた。この痛みに耐えられる者はいない。刑事はあえぎ、とぎれとぎれの悲鳴を洩らしている。

じきに失禁するだろう。

赤城が動いたら、すぐさま杖を翻して、握りをこめかみに打ち込むつもりだった。相手が警官だろうがかまわないという気になっていた。

だが、赤城は施術台に腰を下ろしたまま動かなかった。

静かな声で、彼は言った。

「もういいだろう、先生」

もし、赤城が声を荒くでもしたら、私はさらに手ひどい仕打ちをしていただろう。

だが、その声があまりに冷静なので、我を取り戻すことができた。さかりのついた犬に冷たい水をかけるようなものだ。

私は、関節の決めを解いた。若い刑事は、そのまま床に崩れ落ちた。

私は赤城を見た。赤城は、かすかにかぶりを振っている。

「俺はやり方を間違ったようだ。圧力かけられて、はい、そうですか、って人じゃねえよなあ……」

「あなたは、最初から間違っていた。私を利用しようとしただけです」

「まあ、警察なんてそんなもんだ」

若い刑事が下から私を見上げていた。睨みつけている。

赤城がその若い刑事に言った。

「おまえ、ちょっと、すっこんでろ」

若い刑事は、一瞬抗議の色を顔に浮かべたが、赤城の眼を見てすごすごともとの位置に戻った。

赤城が私に視線を移した。

「こういうのはどうだい？　俺たちは知っていることを話す。だから、先生も知っていることを俺たちに教える」

私は、一瞬前の激情を恥じ、気分が萎《な》えていた。抜いた刀の納めどころがないような、中途半端な気分で、私は言った。

「情報交換にならなら、応じましょう」

赤城はうなずいた。

「劉昌輝は、以前から香港マフィアの一派と折り合いが悪かった。その香港マフィアってのは、新興勢力で、跳ねっ返りだ。地元では、三合会も手を焼いている」

「三合会？」

「香港マフィアの連合会みたいなものだ。その新興マフィアのボスは、陳東珂《ちんとうか》。イギリス統治時代には英名でトミー・チェンという名前を持っていて、今でもその名を名乗ることが多いらしい。やつの手下に黒犬と呼ばれる殺し屋がいて、手口が残忍なことで知られている」

「そいつが日本に……？」

「黒犬は殺人を楽しむタイプだ。サイコ野郎なんだ。指を切り落としたり、目玉をえぐったりして相手をいたぶる。そして、腹を割いて、相手がのたうちまわりながらゆっくり死んでいくのを眺める」

「劉昌輝のところの若者が殺された手口といっしょというわけですね」

「劉昌輝から聞いたのか？　そのとおりだ。おそらく、トミー・チェンも来日しているはずだが、まだ足取りがつかめていない」

「残念ですが」

私は言った。「李正威が殺された件と、トミー・チェンとは関係ないと思います。李正威は、私のボディーガードをやっていた。おそらく、李正威は、私を襲撃した連中にふたたび襲われたのでしょう」

昨日、別の道を通らなければ、殺されていたのは私かもしれない。そう思うと、あらためて恐怖が背筋をはい昇ってきた。

「そこんところなんだよ……」

赤城は言った。「直接手をくだしたのは、トミー・チェンや黒犬じゃないかもしれない。だが、トミー・チェンが先生を襲撃した連中とまったく無関係とは思えないんだ」

「どういう関係が……？」

「そいつはわからない。だがな、劉昌輝の身辺が急に慌ただしくなったのは、ごく最近だ。最初に若い手下が殺された。おそらくこれは黒犬の仕業だ。そして、同じ日に先生は何者かに襲われた。それから、先生は二度も襲われていると言ったな？

しつこく三度も襲ってくるなんて、普通のやつらじゃない。何かはっきりとした目的があるはずだ」

「治療をやめろという電話が『パックス秘書サービス』に入っていました」

「あの美人社長の会社か？　治療をやめろって？　そりゃどういう意味だ？」

「最初、私は能代が脅迫してきたのかと思いました。私の生活をぶち壊そうとしてね。だが、違っていた。おそらく、犯人は篤新館の星野雄蔵の治療を止めさせようとしているのだと思います」

「星野……？」

若い刑事が言った。赤城は不機嫌そうにそちらを見た。

若い刑事は、発言したことが失敗だったと知り、おどおどした様子で言った。

「いや、自分もファンなもんで……」

「星野の治療を止めさせようとしている？」

赤城は、私に眼を戻して尋ねた。「どうしてそう思うんだ？」

私は、能代と話し合ったことを、赤城に伝えた。星野の治療を依頼したのは、劉昌輝だった。劉昌輝は、理由があって星野の膝を回復させたかったのだ。

劉昌輝は、ＮＧ１の大口スポンサーであることもわかった。もし、星野が試合で負ければ、劉昌輝が大損するようなからくりがあるにちがいない。そして、誰かが得をする。私を襲撃しているのは、その誰かにちがいない。賭博《とばく》かもしれないと能代が言っていた。

話を聞き終わると、赤城は唸《うな》った。

「賭博か……。劉昌輝が胴元というわけじゃなさそうだな……」

「どうしてです？」

「賭博の胴元はどういう結果になろうが、損はしない」

「なるほど。そういうものですか」

「だが、その線はありうるかもしれない。トミー・チェンという男は、博打《ばくち》、女、ドラッグ、殺し、何でもありなんだ。何にでも食らいつく」

「金のためならなりふりかまわずというやつですか」

「それだけじゃない。やつは、妙な趣味を持っている。信頼できる筋によると、トミー・チェンはたいへんな軍事マニアだ」

「別に妙な趣味だとは思えませんが……」

「やつは、ヒトラーの信奉者なんだよ。変態野郎だ。何でも、ネオナチ運動に資金援助をしているらしい」

「ネオナチ……。どうして、中国人がネオナチに……」

「歴史はすでに風化してるのさ。もっとも、中国人は日本に対する怨みだけは忘れていないらしいがな」

「それにしても、香港で育ったのなら、イギリスの教育も受けているかもしれない」

「教育？」

赤城が笑った。「トミー・チェンのようなやつが、まともな教育を受けていると思うか？」

思えなかった。私は、同意を示すために無言でわずかに首を傾げて見せた。

赤城が立ち上がった。

「とにかく、賭博の件は調べてみる。トミー・チェンの尻尾を捕まえられれば、先生の身も安全だ」

「もう一つ、調べてほしいことがあるんです」

「何だ？」

「私を襲撃した連中は、いつも黒っぽいバンに乗っていました」

「それだけじゃ調べようがないな」

南 英男
切断魔
警視庁特命捜査官

定価（本体648円＋税）978-4-408-55337-5

殺人現場には刃物で抉られた臓器、切断された五指が。美しい女を狙う悪魔の狂気。戦慄の殺人事件を警視庁特命警部が追う。累計30万部突破のベストセラー！

草凪 優
愚妻

書き下ろし

定価（本体593円＋税）978-4-408-55328-3

専業主夫とデザイン会社社長の妻。幸せな新婚生活のはずが…。浮気現場の目撃、復讐、壮絶な過去、ひりひりする修羅場の連続。迎える衝撃の結末とは!?

葉月奏太
ぼくの管理人さん
さくら荘満開恋歌

書き下ろし

定価（本体593円＋税）978-4-408-55332-0

大学進学を機に〝さくら荘〟に住みはじめた青年は、やがて美しき管理人さんに思いを寄せて――。ほっこり癒され、たっぷり感じるハートウォーミング官能。

諸星 崇
猫忍《ねこにん》（上・下）

書き下ろし

（上）定価（本体648円＋税）978-4-408-55335-1
（下）定価（本体639円＋税）978-4-408-55336-8

厳しい修行に明け暮れる若手忍者が江戸で再会した父は……なぜかネコになっていた！「猫」×「忍者」癒し時代劇エンタメ。テレビドラマ化決定！

面白さ。

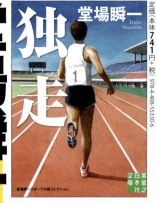

「ナンバーを見ました」

私は、四桁《けた》の大きな数字だけを覚えていた。

赤城はまた唸るように言った。

「どうしてそれを早く言わないんだ……」

私は、椅子に座り二人が出ていくのを見ていた。戸口で立ち止まると赤城が若い刑事に言った。

「礼を言うんだ」

「礼ですか？」

「さっき、勉強させてもらったろう？」

若い刑事は、決まり悪そうに私のほうを見た。やがて、ぺこりと頭を下げると部屋を出ていった。

私はふたたび、さきほどのことを思い出し気恥ずかしさを覚えていた。

その日は、能代からの連絡がまったくなかった。

『パックス秘書サービス』からすべての伝言を聞き、それを確認した。なぜだか、能代のことが気になっていた。

彼はあれこれ嗅ぎ回るうちに、危険に近づいているのではないだろうか？

李正威の死が、私を神経質にさせていた。『パックス秘書サービス』に電話したとき、ふと、雨宮由希子の声を聞きたいと思った。

だめだ。弱気になっている。私は、自分を戒めた。


劉昌輝の自宅は、慌ただしかった。葬儀の準備のようだ。線香を上げると言ったが、まだ遺体が解剖から戻ってきていないとのことだった。

私が、劉昌輝にその落ち度を詫びると、劉は言った。

「今日来てくださいとお願いしたのは、私です。李正威の葬儀は祖国で行ないます。私はあなたと話す必要があると思ったので来ていただいた。あなたもそう感じておられるのでしょう」

私はうなずいた。

私たちは、いつもの豪華なテーブルに着いて、茶を前にしていた。

「先生はもうお気づきのようだ。私が、先生に星野雄蔵の治療を依頼したのは、たんなる友情からではない」

「わかっています」

「もちろん、戦う若者たちが好きだという理由もある。篤心館を応援する気になったのは、もともとは、純粋な気持ちだった。篤心館はこの家からも近い。地元の団体を応援するのは、ごくあたりまえのことと思っていた」

「NG1の大口スポンサーだそうですね。知りませんでした」

「純粋な気持ちをビジネスにしてしまったところに、問題の発端があった」

「トミー・チェンですか？」

劉昌輝は、ほんの少しだが、目を見開いた。それはごくかすかな反応だった。私は、彼が驚くところを初めて見た。

「いろいろとご存じのようだ」

私はかぶりを振った。

「昨日、刑事からその名前を聞きました。でも、劉さんとトミー・チェンという男の間に何があったのかは知りません」

劉昌輝は、しばらく無言で考えていた。

「トミー・チェンは、日本に進出したがっていた。それで、日本のことをいろいろ調べたらしい。彼がNG1のことを知ったのは、ある日本のヤクザを通じてのことらしい。私もそのヤクザをよく知っている。そのヤクザは、当初、NG1の興行権を狙っており、磐井館長に接触してきた。磐井館長から相談を受けて、私はそのヤクザを排除した」

「トミー・チェンも、興行権を狙っていたのですか？」

「まず彼は、大がかりな賭博を思いついたのです」

「あなたもその賭博に一枚嚙んでいるのですか？」

「いや。私は賭博とは関係ない。トミー・チェンが、私の眼の届かないところで賭博をやるのなら、大目に見ようとも思ってた。しかしね、彼は欲をかいたのだ。彼は、NG1の、興行権やテレビ放映権などの利権に興味を持ち始めた。彼のやり方は荒っぽい。当然、私は彼を排除しようとした。抗争が起き、全面戦争に発展しかねなかった。私は、血を流すのを好まない。戦いを収める方法はないかと彼に打診した」

劉昌輝の口調は淡々としている。淡々と殺し合いの話をしているのだ。

「何度か私とトミー・チェンとの間に使者が行き来し、ついに私は、台湾で彼と会った。その席で、トミー・チェンが提案した。興行権やテレビ放映権を賭けて勝負をしよう、と……。決勝戦で、星野雄蔵が勝てばそれらの権利は私のもの、サム・カッツが勝てば、トミー・チェンのものというわけだ。私はその賭けに乗ることに

した。それで抗争が防げる。私が星野雄蔵を支援しているように、かつて、ト

ミー・チェンはサム・カッツを支援していた」

私には信じがたい話だった。賭博で利権を争うというのだ。だが、劉昌輝の言うとおり、殺し合いで利権を奪い合うよりはいい。

「トミー・チェンは、有利な賭けだと考えたわけですね」

私は尋ねた。ヤクザの賭けについて能代から聞いたことを思い出していた。ヤクザはばりばりの本命に大金をつぎ込むのだ。

劉昌輝はうなずいた。

「やつは、星野の膝のことを知っていた」

「それで、あなたは星野の膝をなんとかしようとした」

「あなたの魔法の腕に頼ることにしたんだよ、先生。あなたの評判は知っている。そして、この身をもってそれを確認している。私の腰はね、誰もがさじを投げたんだ。それが、最近では嘘のように軽くなった。だが……」

劉昌輝は、ふと悲しげな顔になった。「トミー・チェンにとってあなたは、新たな要素になった。彼はあなたに手を引かせたかった。最初は脅しで充分だと考えたようだ。しかし、それがうまくいかないと、今度はあなたを消そうと考えるように

なった」

　その言葉に、私はあらためてぞっとした。

「私を襲撃しているのは、トミー・チェンの手の者なのですね？」

　劉昌輝はかぶりを振った。

「誰かにやらせているのです。明らかにやつらとは手口が違う」

　私はうなずいた。

「呉伯英が殺された手口は、黒犬と呼ばれるトミー・チェンのところの殺し屋のものだと警察が言っていました」

「そう。私に対する警告だ。私には生半可な脅しは通用しない。だが、身内が惨殺されるとなると話は別だ。トミー・チェンも、私に対しては本気で対処しなければならない。だから、黒犬を使った」

「では、私を襲撃したのは何者でしょう」

「まだわからない。しかし、じきに突き止めるよ。トミー・チェンと何らかのつながりがある日本人のグループだと思う」

「私の印象では、若い連中でした。おそらく二十歳前後でしょう」

「チンピラを金で雇ったとも考えにくい。そういう連中なら、一回こっきりのはずだ」

「李正威を殺したのは、どっちです？　黒犬ですか？　それとも、私を襲った連中ですか？」

「李正威は何カ所も刺されて殺されたが、少なくとも、指を切り落とされたり、目をえぐられたりはしていない」

　私はうなずいた。

「おそらく、あなたを襲撃しようとして待ち伏せしていたのだろう。李正威がそれに気づいて追い払おうとした。しかし……」

「油断したというわけですね」

「そうだ。やつらは、先生を三回襲っている。そして、四度目の襲撃を計画していた。このしつこさには、何か偏執狂的なものを感じる。あるいは、狂信的というか……」

「偏執狂……、狂信的……」

「私の勘がそう教えている」

　私の勘も何か教えていた。

　だが、それが何かわからない。霧の中から、だんだんと物事の輪郭がはっきりしてきた。しかし、まだ肝腎のところが霧の中だ。

すでに私は、大切な事柄を見聞きしているのかもしれない。それに気づいていないだけだ。

理由はないが、劉昌輝の話を聞いているうちにそんな気がしてきた。

「先生、星野雄蔵の膝はどうです?」

「一進一退です」

私は正直に言った。「以前からいるトレーナーが、膝に負担のかかるトレーニングをやらせてしまいました。それで、快方に向かっていたのが、少々逆戻りしてしまいました」

「試合までに何とかしていただきたい」

「もちろん、努力しています」

「トミー・チェンが本格的に日本に乗り込んできたら、ほうぼうで抗争が起き、血の雨が降ることになる。私はそれを防ぐためにも、やつを水際でくい止めたい」

その手段に賭けを使うというのは、一般人の感覚からすると感心しない。しかし、劉昌輝は言った。殺し合うよりましだと。

「星野の戦いには、そういう意味もあるのですね」

「それは私の問題であって、星野本人は関係ない」

私はうなずいた。

「私は、星野のために治療しているのです。利権のことは関係ありません」

「当然だ」

劉昌輝はほほえんだ。「でなければ、先生には頼まない」

「これからは、頻繁に篤心館に通うことになると思います」

「身辺の警護のことは、引き続き私が引き受ける」

今さら断れない。私は、彼らの世界に組みこまれてしまったのだ。

「私は私のやるべきことに専念します」

私が席を立とうとすると、劉昌輝は言った。

「先生は、私のもう一つの顔をお知りになった。これからも、変わらぬお付き合いをしてもらえるだろうか？」

「一度手がけた患者を放り出すようなことはしませんよ」

劉昌輝はいつもの、柔和《にゅうわ》な笑顔を見せた。私は、挨拶して部屋を出た。

慌ただしい劉昌輝の自宅を後にすると、私は急に寒々しい気分になった。

まだ、冷えこむ季節ではない。秋の夜の風は心地よいはずだった。半月が見えている。パイコウが車を回してくると言った。ランドクルーザーで自宅まで送るように、劉昌輝に命じられているという。断る理由はない。

パイコウがあまりしゃべらないのは、日本語が苦手だからではないということがわかった。彼はもともと無口なのだ。

私は門の前で、月を見ながら車を待っていた。何か釈然としない。いろいろな断片が私の頭の中にある。だが、それが組み合わさって一つの絵にならない。そんな感じだった。

ふと、私は、道の先に一人の男が立っているのに気づいた。

痩《や》せた男だ。ほっそりとした体を黒い服に包んでいる。全身黒ずくめだ。黒いシャツに黒いスーツ。靴も黒。

月の光と街灯に照らされて、かろうじてその人相が見て取れた。顔が妙に青白く見えるのは、明かりのせいだろうか？　頬がこけたその顔は、人間のものとは思えなかった。

眼が異様に光っているのが、かなり離れた場所からも見て取れた。

全身に鳥肌が立った。

その男が何者か、頭で理解するより早く、私の体が反応したのだ。生理的な恐怖を感じる。

男がかすかに笑ったように見えた。

黒犬だ。

私は思った。

そのとき、ランドクルーザーがやってきた。あわてて後部座席に乗り込んだ私は、運転席のパイコウに言った。

「黒犬だ」

パイコウは、怪訝《けげん》そうに私を見た。

「どこです?」

私はフロントガラスを指差した。

「あそこだ。あそこに立っていた」

パイコウがそちらを見た。助手席には知らない男が乗っていたが、その男も即座にそちらを見た。

いない。

すでに黒犬は姿を消していた。

パイコウは振り返って尋ねた。

「たしかに黒犬だったのですか？」

「間違いないと思う」

「でも先生は、黒犬を見たことがあるんですか？」

そう問われて、私は少々慌てた。

「全身黒ずくめだった。痩せた気味の悪い男だ。私を見て笑ったように見えた」

パイコウは、それ以上よけいな質問はしなかった。隣の男にうなずきかける。その男は即座に携帯電話を取り出して、中国語で何事かを告げた。

劉昌輝の邸内に知らせているのだろう。パイコウとその隣の男の顔色を見れば、それがどれほどの重大事かよくわかる。

劉昌輝の自宅のすぐそばに、トミー・チェンの懐刀が現れたのだ。

そして、私にとっても重大事だった。彼は私を見てたしかに笑った。

暴漢に襲われたことは恐ろしかった。刃物で傷を受けたときも恐怖を感じた。だが、今感じている恐怖は、それとはまったく異質のものだった。

全身にぞわぞわと恐怖がはい回る。超自然的な存在に対する恐怖にも似ている。

一刻も早くこの場から離れたかった。パイコウもそう考えているかのように、いつもより乱暴にランドクルーザーを走らせた。

11

黒犬が私の前に姿を現した。いよいよ本気で私を消しにかかるということだろうか？

できれば、楽観的に考えたい。

私と黒犬が出会ったのは、たまたまであり、黒犬は私のことなど知らなかった。笑ったように見えたのは、私が怯《おび》えていたせいだ……。

そう信じられれば、気も楽になるのだが……。

黒犬は不気味で、できれば絶対に関わり合いになりたくない相手だ。劉昌輝や赤城から聞かされた黒犬の話は充分すぎるほど衝撃的だった。

気を紛らすために酒を呑みたかったが、我慢することにした。私は今まで以上に警戒する必要を感じた。ここが襲撃されないともかぎらない。そのとき、酔っていたら、わずかな生存の可能性を失うことになるかもしれない。

酒は反射神経を鈍らせる。

私は、ドアと窓の鍵を確かめた。ガラスの窓はいかにも頼りない気がした。トミー・チェンは、香港マフィアの中でも手がつけられない暴れ者だという。窓など叩き割って侵入してくるだろう。日本人の常識など通用しない。

中国マフィアは警察をも恐れていないという話を聞いたことがある。銃を撃たない警察は恐ろしくないというわけだ。

すべての鍵を確認すると私は、ようやくベッドに腰を下ろした。やはり落ち着かず、また杖をついて立ち上がった。

そのとき、玄関のドアを叩く音が聞こえ、私は、はっとした。テレビもつけていない部屋にその音が、ひどく大きく響いたからだ。

なぜ、ドアチャイムを鳴らさない？

ボタンを押せば、チャイムが鳴り、インターホンで話すことができる。

私は、そっとドアに近づいた。また、誰かがドアを叩いた。

その音がなぜかひどく低い位置から聞こえた。

「誰です？」

私は尋ねた。こたえはない。

またドアが叩かれた。それから、うめき声が聞こえた。

私はさらにドアに近づいた。やがて、向こうからかすかな声が聞こえてきた。

「俺だ、能代だ……」

私は、ドアをわずかに開いてみた。誰もいない。うめき声が下のほうから聞こえた。見ると、能代が血まみれで倒れていた。

私は、ドアを開けようとしたが、能代の体が邪魔で開かない。

「もう少し後ろにさがってください。あなたがドアをふさいでいるのです」

だが、能代は動かなかった。意識が朦朧《もうろう》としているらしい。

こうなれば、力ずくでドアを開けるしかない。私はドアで能代の体を押しのけた。ようやくドアが開くと、私は能代の体を何とか待合室まで引きずり入れようとした。悲しいかな、左の膝《ひざ》に力を入れることのできない私は、ひどく苦労した。

杖の力を借り、片手で能代の後ろ襟を持ち、ようやく中に入れることができた。

私はまず、戸口から首だけ出して外の様子をうかがった。誰もいない。

それからドアを閉めて鍵をかけると、能代の様子を見た。どこかに刺し傷がないかどうか確認した。

刺し傷は見当たらない。顔面と衣服を汚しているおびただしい血は、鼻血と口からあふれた血だということがわかった。

唇も切れて流血している。

おそらく歯が折れたのだろう。そのために出血しているのだ。

それから、骨を調べた。右手の前腕部が骨折している。左の鎖骨も折れていた。

目蓋《まぶた》が腫《は》れ上がり、唇もひどく腫れている。人相が変わっていた。全身を強く殴打されたらしい。このぶんだと、おそらくあばらも何本か折れているかもしれない。

「いったい、何があった？」

尋ねたが、意識が半分飛んでいる。

私は、施術室に行き、伸縮テープを持って戻った。衣服の上からたすきがけのように、テープを何重にも巻いた。鎖骨が折れているときは、こうして後ろから固定してやらなければならない。

それから、待合室にあった週刊誌を折れた前腕部に巻きつけ、それもテープで固定した。添え木の代わりだ。

私は居間の棚からウイスキーを持ってきて、仰向けにした能代の口に、少しだけ注ぎ入れた。

ややあって、能代が咳《せ》き込んだ。それから、目を開けた。その眼に意識の光が戻る。

「どうした？　誰にやられた？」

能代は、左の拳を差し出した。

それから、あえぎながら言った。

「あんたを襲ったのは……、襲ったのは、ガキどもだ……」

「何だって？　どういうことだ？」

能代は、差し出した左手を開いた。そこに小さな金属片があった。バッジのようだ。見覚えがある。卍のバッジだ。

私は、激しく混乱した。

これは、渡辺滋雄がジーンズのジャンパーにつけていたバッジと同じだ。

「これは何だ？　これをつけていたやつにやられたのか？」

能代は何か言いかけて、気を失った。

混乱している場合ではない。私は、左足を引きずりながら電話のところに行き、救急車を呼んだ。

警察を呼ぶべきかどうか迷ったが、それはたぶん救急隊員か病院がやってくれるだろう。私は、能代が持っていた卍のバッジを握りしめていた。

消防署がそばにあるので、救急車はすぐにやってきた。電話を切ると、ほどなくサイレンが聞こえたほどだ。

救急隊員は、怪我の具合を見るとすぐに何事が起きたのか想像がついたようだった。

「事件性がありますか？」

事務的にそう尋ねられた。

「わからない」

私はこたえた。「ドアの外に倒れていたんだ」

「お知り合いですか？」

「知り合いだ」

「警察に通報することになりますが、よろしいですね？」

「もちろんだ」

「同乗なさいますか？」

「する」

私は、救急車の中で、能代の名前や住所などを聞かれた。昔の家に住んでいるかどうかわからない。おそらく、住所は変わっているだろう。

名刺には、事務所の住所が書かれていたはずだが、自宅に置いてきていた。

救急隊員は、代わりに私の名前と住所をひかえた。

救急車は、救急病院に着き、能代は救急救命室に運ばれた。嵐のような瞬間がすぎ去り、私はぽつんと廊下に置き去りにされた。

私は立ち尽くしたまま、まだバッジを握っていたことに気づいた。それをしげしげと眺めた。

何がどうなっているのだ？

なぜ、能代はこのバッジを握りしめていたのだろう？

そのとき、私は気づいた。このバッジは卍をデザインしたものではない。鉤《かぎ》の向きが逆だった。

ハーケンクロイツだった。ナチス・ドイツのシンボルマークだ。

「くそっ」

私は、思わずうめいていた。

ナチス・ドイツ。

ネオナチ。

トミー・チェンはネオナチを支持している。

そして、渡辺滋雄は、ハーケンクロイツのバッジをしていた。

彼はたんなる笹本有里のストーカーではなかったのだ。

最初に渡辺滋雄を見たとき、私は襲撃者たちを連想した。それは年齢が近いというだけのことだと理屈をつけた。

理屈ではなかった。私の直観は、事実を見抜いていたのだ。

有里のことが気になった。電話をかけようと思ったが、電話番号がわからない。患者の電話番号をいちいち覚えてはいない。携帯電話も家に置いてきていた。

私は、考えた末に公衆電話から『パックス秘書サービス』にかけた。二十四時間サービスがうたい文句だ。

私は名乗るとすぐに言った。

「私の患者で笹本有里という方がいる。電話番号を知りたいのですが……」

「お調べします」

愛想のいい女性の声が聞こえて、幾分か気分が和らぐような気がする。『パックス秘書サービス』では、基本的にかかってきた相手の電話番号を訊く。それがコンピュータの記録に残っていることがある。

しばらくして、同じ女性の声が有里の電話番号を告げた。私は公衆電話の脇にあったメモ用紙にそれを書きつけた。

「ありがとう。助かった」

私が電話を切ろうとすると、先方は言った。

「お待ちください。伝言が一件ございます」

「誰からです?」

「赤城さんとおっしゃる方です」

「電話番号は聞いていますか?」

「携帯に電話をほしいとのことでした」

彼女は赤城の携帯電話の番号を告げた。私はそれもメモした。

電話を切ると、すぐに有里に電話した。深夜だが、かまってはいられなかった。

呼び出し音が八回を超える。電話に出たのは、父親のようだった。どうやら、寝ていたようでひどく機嫌が悪そうな声だ。

はい、の一言に、深夜に電話をかける非常識に対する非難を滲《にじ》ませている。

「夜分申し訳ありません」

私はできるかぎり丁寧な口調で言った。「有里さんに整体治療をしている美崎という者ですが……」

「ああ、美崎先生ですか……」

私は有里の父親に会ったことがない。だが、向こうは私をよく知っている口振りだ。

「娘からいつも話をうかがっています。お世話になっています」

気が急《せ》いた。

「有里さんに至急お知らせしたいことがあるのですが、ご在宅ですか？」

「ちょっと待ってください」

私は一刻も早く有里の安全を確かめたかった。待たされる時間が異常に長く感じられた。

「先生？　ほんとに美崎先生なの？」

電話の向こうから間違いなく有里の声が聞こえてきて、私は全身の力が抜ける思いがした。

「無事だったか……」

「何よ、それ。無事に決まってるじゃん。あ、治療を間違えたんで、体がどうにかなっちゃったかと思ったんだ」

「そうなら、どんなに気が楽か。自分で何とかできるからな」

「あ、ひっどい。あたしの体だと思って……」

できれば、こういう軽口の叩き合いで電話を切りたい。

「いいか、これから言うことは冗談じゃない。よく聞くんだ」

私は、誰もいないロビーを見渡し、声を落として、口元を手で覆った。

「渡辺滋雄は危険だ。決して近づくな」

「何よ。話してみればいいって言ったのは先生じゃない」

「事情が変わった」

しばらく、無言だった。

「なんか、せっぱ詰まった感じだね」

「せっぱ詰まっている」

「先生が怪我をしたことと、何か関係があるの？」

「ある、と私は思っている」

「聞かせて。どういう関係？」

教えると、有里を巻き込むことになるだろうか？　だが、話さないと危機感は伝わらない。

差し障りのない範囲で話すことにした。

「おそらく、渡辺滋雄は私を襲撃した一味の仲間だ」

「あの子が……？」

「人は見かけじゃわからない。本当のワルほど人畜無害のふりをしている。おそらく、そのグループというのは、何かネオナチに関係している」

「ネオナチって、あの、ドイツの……？」

「そうだ」

ドイツの、と有里は言ったが、どの程度のことを彼女が知っているかは疑問だ。そして、この私もそれほど詳しくは知らない。

「とにかく、やつは危険だ。絶対に近づくな」

「向こうから近づいてきたらどうするの？　また、体育館の外で待ち伏せするとか……」

「一人であいつと会うな。かならず誰かといっしょに行動するんだ。気をつけてくれ。おそらく、きみに近づいたのも、計略だ」

「わかった。気をつける」

それから、やや間があって、有里は言った。「先生も気をつけてね」

「ああ。気をつけてるさ。生まれてこのかた、なかったくらいにな」

私は電話を切ると、赤城の携帯電話にかけた。

すでに、深夜の十二時になろうとしているが、赤城はまだ外にいる様子だった。

「黒いバンは盗難車だった。被害届が出ている」

「渡辺滋雄という男の身元を洗ってもらいたいのですが……」

「渡辺滋雄……？」

「シゲオのシゲは滋養強壮の滋、オはオスです」

「そいつは何者だ？」

「おそらく、私を襲撃した連中の一人です」

「どうやって突き止めたんだ？」

「能代さんが私の家の前に倒れていました。集団で暴行を受けた様子です。彼が、ハーケンクロイツのバッジを握りしめていました。同じバッジを渡辺滋雄がつけているのを見たことがあるんです」

赤城はしばらく無言だった。頭の中を整理しているのだろう。

「今、どこにいる？」

「能代さんが運ばれた救急病院です」

私は病院の名を告げた。

「話が聞きたい。そこにいてくれ。三十分で行く」

電話が切れた。

私は、救急救命室の前に戻った。能代がストレッチャーに乗せられて、出てくるところだった。看護婦が輸血のためのパックを高く掲げている。

医者が私を見つけて言った。

「意識は戻っています。頭部、頚部《けいぶ》四方向、胸部、腹部のレントゲン写真を撮りました。左鎖骨、右前腕部、右側肋骨《ろっこつ》の十一番、十二番が骨折。肝臓を損傷している恐れがあるので、手術をします」

「危ない状態なのですか？」

「内臓だけが心配ですね。手術の結果は追ってお知らせします」

医者の緑色の服に血が着いている。

一瞬、能代と眼が合った。能代は何か言いたげだった。私は、うなずいて見せた。

能代は、手術室に運ばれていった。

赤城は、例の若い刑事を伴って病院に現れた。若い刑事は、今度はちゃんと名乗った。私が犯罪者ではないと認めたのか、それともお灸《きゅう》がちゃんと効いたかのどちらかだ。その両方かもしれない。

酒井《さかい》という名だった。

「能代の具合はどうだ？」

「左鎖骨、右前腕、右側肋骨二本の骨折。あとは全身に打撲傷。肋骨が肝臓を傷つけている心配があるそうです。今、手術を受けています」

「何でまた、能代がやられたんだ？」

「劉昌輝とＮＧ１の関わりを調べていました」

赤城は、すべてを納得したように、何度かうなずいた。

「薮《やぶ》をつついたら、蛇が出てきたというわけか。能代は、あんたを襲った連中にやられたんだな？」

「間違いありません」

私は、ハーケンクロイツのバッジを赤城に見せた。「これを握っていました」

「ナチスの鉤十字だな」

「トミー・チェンがネオナチに資金援助をしているという話を聞いたとき、何かが引っかかったんです。私は、以前、このバッジを見ています」

「渡辺滋雄という男だな？　どこで知り合った？」

「笹本有里のストーカーですよ」

赤城はぴしゃりと額を叩いた。

「くそっ」

「一般市民からの訴えは、ちゃんと聞くべきです。調べると言ったきり、何もしていないんでしょう？」

「その件は所轄に任せきりだったんだ。おそらく、所轄ではたいした捜査はしていないだろうな」

「そのときに、本気で調べていたら、もっと早く事実が明らかになったかもしれません」

「おい、先生。あんただって、あのときは、ストーカーと襲撃事件は、関係ないって思っていたんじゃないのか？」

赤城の言うとおりだ。赤城ばかりは責められない。彼は私の襲撃事件を捜査していたわけではない。中国マフィアの抗争事件を捜査していたのだ。

「とにかく、このバッジのマークを目印にしたグループが存在するはずです。能代さんは、ガキどもだ、と言いました」

「ガキどもか……」

赤城は唸《うな》った。「不良グループかもしれねえな……」

「ネオナチというのは、ナチズムのゲルマン民族至上主義を信奉しているのでしょう？　ドイツでは、東洋人や中近東の人々がネオナチのグループから相次いで暴行を受けたり、殺されたりしているらしいじゃないですか」

「そうらしいな」

「どう考えても、香港マフィアや日本の不良グループとは相容れない気がするんですが……」

「ガキどもは恰好《かっこう》から入る。恰好だけで、ネオナチにかぶれちまったとしてもおかしくはない」

「トミー・チェンは……？」

「さあな。サイコ野郎の考えることはわからん」

「何かネオナチとトミー・チェンをつなぐものがあるような気がするんですが……」

私は、そのまだ埋まらないジグソーパズルのピースを手にしているような気がする。だが、それが何かまだわからないだけだ。

「少年課に聞いてみよう。渡辺滋雄に補導歴がないかどうか。それから、ネオナチにかぶれている不良グループなんてものが、連中の情報網にひっかかっていないかどうか」

「笹本有里が心配です」

赤城はうなずいた。

「渡辺滋雄が彼女に近づいたのは、あんたの弱みを握るためだと言いたいんだな？」

「そうであってほしくはないのですが……」

「有里を人質に取られたら、あんた、星野の治療を止めるか？」

「そんなことにならないように、警察が何とかしてくれると信じたいですね」

赤城は、曖昧《あいまい》にうなずいた。

「何とかしてみるよ」

「黒犬が、私の前に姿を現しました」

「どこでだ？」

「劉昌輝の自宅の前です」

赤城は驚いたように言った。

「また、劉昌輝の自宅に行ったのか？」

「李正威のお悔やみを言うつもりでした。帰り際、黒犬が現れ、私のほうを見て、笑ったように見えました」

「やっかいだな……」

赤城はつぶやくと、酒井に言った。「おい、本部に連絡しておけ。神奈川県警の応援を頼んで、劉昌輝の自宅周辺の警戒を強めるように言うんだ」

それから、私のほうを向いた。

「ネオナチかぶれのガキどもじゃ埒《らち》があかないので、今度は黒犬が乗り出してきてあんたを狙っているということか？」

「そう考えておいたほうがいいと思います」

「中国マフィアの抗争が、いろいろと飛び火してくれるな……」

「黒犬のようなやつが、襲撃してきたら、どう戦えばいいんです？」

「戦う？」

赤城は私を睨《にら》んだ。「妙なことは考えずに、警察に任せるんだ」

「黒犬だってばかじゃない。警察の眼の届かないところで襲ってくるかもしれません」

赤城は唸った。

しばらく、私を見据えていた。睨みつけているように見えるが、そうではない。

彼は考えているのだ。

長い間考えた末に、赤城は言った。

「これから言うことは、一般論だ。あんたに戦えと言っているわけじゃない。いいな」

「はい」

「前にも言ったとおり、トミー・チェンも黒犬もサイコ野郎だ。だが、タイプが違う。トミー・チェンは、きわめて粗暴で、ことあるごとに自分の力を誇示したがる。相手がどんなに強くてもかまわない。相手を上回る力を見せつけたいんだ。暴力は、彼の存在証明だ。だが、黒犬のようなやつはちょっと違う。彼は、快感のために人を殺す。それも無抵抗な人間ほどいい。彼には、歪《ゆが》んだ支配欲がある。それを唯一充足させる方法が、拷問《ごうもん》と殺人だ。自分が強くなったと錯覚できるからだ。黒犬に対処するためには、決して弱みを見せないことだ。こっちが恐怖におののいたり、命乞いをしたりすると、黒犬のようなやつは力をえるんだ。それがやつの快感だからだ。逆にこちらが強気に出れば出るほど、やつは萎縮《いしゅく》するはずだ」

私は黙ってうなずいた。

「俺は捜査本部に戻る」

赤城は言った。「能代の手術が終わったら、結果を電話で教えてくれ」

「わかりました」

「それ、渡してくれないか？」

赤城は、私の右手を指差した。私の拳の中には、ハーケンクロイツのバッジがある。私はそれを渡した。

「有効に活用してください。能代さんが命懸けで手に入れた証拠です」

「わかっている」

赤城と酒井は、出口に向かった。

私の中で、何かがくすぶっていた。

さきほどまでの、黒犬に対する恐怖は消え去っていた。

赤城の丁寧な解説が納得できたせいもある。だが、それだけではない。

ある感情が、恐怖を押しのけているのだ。

怒りだった。

自分自身が暴力を振るわれている間は、気分が萎縮していた。しかし、能代が暴力を受けたと知ったとたん、気持ちが変わった。

事の発端は何だ？

私は、膝を壊した格闘家を治療することにした。それだけのことだ。少しでもいいコンディションでリングに上がりたいと考えている若者がいて、私はそれを助けようとした。

ＮＧ１の利権も、中国マフィアの抗争も、ネオナチも、私にとってはどうでもいい。星野を満足な体でリングに上げてやりたいだけだ。星野は純粋に戦うことを考えている。

それを妨害しようとする連中が許せなかった。

私は、私自身の中の怒りの声に、じっと耳を傾けていた。

12

手術が終わり、医者が私に告げた。

「肝臓の損傷はごく微少でした。脾臓《ひぞう》も無事でした。整形外科の処置も問題ありません」

つまり、能代は無事だったということだ。

「話せますか?」

「麻酔が効いています。麻酔が醒《さ》めたら話してもかまいません」

それから、能代は一般病棟に移された。私はカーテンで仕切られた彼のベッドの脇に座っていた。

顔には包帯が巻かれている。右腕にはギプスがはめられており、肩はサポーターで固定されていた。

人生は変わる。だが、この変わりようはどうだろう。

離婚、娘の死、失業、懲役……。それからは、嵐のような生活だったのだろう。能代の顔には、その苦労がはっきりと刻まれていた。

それでも能代は生きている。明日を生きようとしている。それが、なぜかひどく悲しく思われた。

どれくらい時間が経っただろう。空が白みかけた頃、私は能代の声を聞いた。

「やあ、俺は地獄に来たのか?」

私は、能代の顔を見た。

「待て、意識が戻ったことを知らせてくる。しゃべるのはそれからだ」

「地獄には閻魔《えんま》さまって偉い人がいるそうだが、あんたがそうか?」

麻酔のせいで、まだ頭がぼんやりしているようだ。

「ここは地獄じゃない」

「天国なら、もっとましなやつがそばにいるはずだ」

そうして、能代がかすかに笑った。包帯だらけでよくわからなかったが、たしかに笑ったようだ。

どうやら、能代は冗談を言っていたようだ。面白くもない冗句だ。

「医者を呼んでくる」

「待てよ。その前に話しておきたいことがある」

「話なら後でできる」

「一刻も早く話したいんだ。それから、またゆっくり眠りたい」

能代は、またほほえんだ。

私はうなずいた。

「何を突き止めた？」

「サム・カッツだ。やつは、本格的にキックボクシングを始めるようになり、オランダ・マフィアとは手を切っていた。だが、やつは、また面倒な連中と付き合いはじめた」

「面倒な連中？」

「ネオナチだ。サム・カッツはネオナチの一員なんだ」

「オランダ人じゃないか」

「ドイツ系だ」

私は、思わず唸っていた。

ジグソーパズルのピースがまた一つ埋まった。

劉昌輝は、トミー・チェンが、以前からサム・カッツを支援していたと言っていた。サム・カッツが、トミー・チェンとネオナチを結ぶピースだった。

渡辺滋雄は、白々しくも、星野には絶対にサム・カッツには負けてほしくないと言っていた。

もしかしたら、サム・カッツがネオナチの一員であることを、臭わしていたのかもしれない。こちらが知らないことを知っているという優位に立ち、やつは楽しんでいたのだ。

「気をつけろ」

能代はさらに言った。「篤心館の中にスパイがいる」

「スパイ？」

「あんたを襲ったガキどもに情報を流しているやつがいるはずだ」

なるほど、と私は思った。

襲撃を受けたのは、いずれも篤心館からの帰り道だ。そして、李正威が殺されたのも、私が篤心館に出かけた日だった。

「よく調べたな……」

「仕事だからな。ちくしょう、こんな目にあったんだから、よほどでかい金に替えないとな……」

「いずれ、礼はするよ」

「あんたからの礼などいらない。誰かからたんまりせしめてやるさ」

「医者を呼んでくる」

私はベッドを離れようとした。

「ちくしょう」

能代がもう一度罵《ののし》った。「あいつら、俺をぼこぼこにした後、車に乗せて、あんたの家の前に、ゴミみたいに放り出して行きやがった」

私はベッドを離れて、医者を呼びに行った。能代が怒っている。渡辺のやり方は私たちを嘲笑《あざわら》っているかのようだ。彼はゲームを楽しんでいる。こちらに、いろいろなヒントを与え、考えさせようとしている。

能代がバッジを手に入れたのは偶然かもしれない。揉《も》み合いになったときに、引きちぎったのだと思う。だが、そうではない可能性もある。渡辺滋雄が故意に落としていったのかもしれない。

そして、やつらは、能代を私の自宅の前に放り出していった。バッジも能代もゲームのアイテムとして使用しているような気がする。

能代の怒りをも吸い取り、私の中の怒りはしだいに大きくはっきりとしたものになっていた。

能代が眠ったのを確かめて、病院を出た。夜が明けきる前に自宅に戻ることができた。興奮していたが、くたくたに疲れており、ベッドに横になると、たちまちたゆたうような不安定な眠りに落ちた。

四時間ほど眠り、ひどい気分で目を覚ました。体の中に薄汚い澱《おり》が溜まっている。世の中すべてを呪いたい気分だったが、私のほうが世の中から呪われているような気もする。

午前十一時に、予約が入っている。その準備をするために、まずシャワーを浴びた。

おかげで、何とか正常に頭が働くようになり、無事に午前の仕事を終えた。

午後に二人治療をして、午後四時に自宅を出た。篤心館に向かうつもりだった。

家の外に、パイコウが立っていた。

「昨夜はたいへんでしたね」

パイコウが言った。

「見ていたのか？」

「何もできませんでした」

「気にすることはない。あんたらの仕事じゃない」

パイコウはうなずいた。

「どこへ行かれますか？」

「篤心館だ」

「車で送りましょう。そのほうが安全だ」

パイコウたちは、いっそう用心深くなったということだ。黒犬の姿を見たのだから無理もない。

私は、おとなしく車に乗りこむことにした。李正威がいた席に座っているのは、馬英将《ばえいしょう》といった。大男だ。名前の通り馬面で、きわめて無口な男だ。

李正威がお喋《しゃべ》りだったので、パイコウは喋らずにいられた。パイコウも無口な男だが、比較の問題で、今度はパイコウが私と話をする役割になったらしい。

五時半頃に、篤心館に着いた。

一般稽古生の昼の部が終わり、夜の部にはまだ間がある。道場内は閑散としているが、星野は、稽古をしていた。

私は星野がシャドウをやっているのを見た。どうやら、古流の体さばきを動きに取り入れようとしているらしい。その試みが成功してくれることを祈らずにはいられない。

中島は、別の選手につききりだった。その選手は、激しい筋肉トレーニングを強いられていた。

私は中島に近づいた。

「話がある」

中島は横目で私を見た。

「トレーニング中だ。邪魔しないでくれ」

「大切な話だ。あんたにとってもな」

中島はあらためて私を見た。私の口調がいつもと違うことに気づいたのかもしれない。

「話なら、ここですればいい」

「私はかまわない。だが、あんたが困ることになるかもしれない」

「持ってまわった言い方はよせ。何が言いたいんだ」

私は怒りを抑えるために深呼吸をしてから言った。

「ネオナチかぶれのガキどもだ」

中島は無表情を装っていた。だが、顔色が変わった。ふてくされたように、中島は言った。

「そりゃ、何のことだ?」

「白を切るのはよせ。ここで全部ぶちまけられたいのか?」

中島は虚勢を張ろうとしていた。彼は常に私より優位に立とうとしている。だが、あまりうまくはいっていなかった。

彼は、ついに動揺を隠せなくなった。おろおろと周囲を見回すと言った。

「来てくれ」

中島は私を、誰もいないロッカールームに連れて行った。ドアを閉ざすと、彼は私に言った。

「何か言いがかりをつけたいようだが、俺は忙しいんだ。寝言なら、家に帰って蒲《ふ》団《とん》の中で言ってくれ」

自分では粋な台詞《せりふ》を吐いたつもりなのかもしれない。だが、心理的動揺のために、彼の言葉は宙に浮いていた。

「もっと早く気がつくべきだった」

私はできるかぎり冷静に言った。

「何のことだ？」

「あんたもプロだ。あんな失敗をするはずはない」

「あんな失敗？」

「星野の膝だ。あんたは星野の膝が悪化すると知っていて、無理なトレーニングをやらせた」

「おい、まだ俺のせいだと言っているのか？　ありゃ、おまえの責任だ。言っただろう。おまえは、星野が俺のトレーニングに耐えられるようにするのが役割で……」

私は中島を遮った。

「そう。私の責任を追及して、私をここから追い出そうと考えたんだ。そして、星野の膝を悪化させれば、一石二鳥だからな。だが、それはやりすぎだった。言われたことだけをやっていれば、ばれはしなかった」

「何を言ってるんだ」

「ネオナチかぶれのガキどもだ。あんたは、やつらに、私がいつここに来て、何時にここを出るか、それを教えていたはずだ」

「言いがかりだ。俺から星野を奪い、それだけじゃ足りずに、あんたは俺をここから追い出そうとしているんだ」

　私はかぶりを振った。

「私は、あんたの専門知識が必要だと思っていた。私と二人三脚ならば、星野を勝たせることもできると考えていたんだ。しかし、あんたは、はなからそのつもりはなかった。私に星野の治療をさせないのがあんたの目的だった。星野の膝が悪化したほうが、あんたには都合がよかったんだ」

「ばかなことを言うな。どうして……」

　中島の言葉の尻が曖昧になった。

「あんたは、サム・カッツの陣営に寝返ったからさ。もっと、わかりやすく言えば、あんたは、トミー・チェンにスパイに仕立てられたんだ」

　トミー・チェンの名前を聞いて、中島の顔色はさらに悪くなった。

　中島は、何か反論しようとしていた。だが、言葉が出てこない。やがて、開きなおったように鼻で笑った。

「トミー・チェンて誰だよ？　よくそんなでたらめを思いつくもんだな」

「トミー・チェンは、以前からサム・カッツを支援していた。サム・カッツがネオナチの一員であることから、トミー・チェンはネオナチにも資金援助をしていたんだ。さらに、トミー・チェンは、NG1絡みの大がかりな賭博《とばく》を切り盛りしていた。だが、それだけじゃ飽き足らなくなり、NG1そのものを仕切りたくなったんだ。それで、劉昌輝から興行権やテレビ化権をそっくり取り上げようという気になった」

中島は黙って話を聞いていた。

必死に無表情を装っている。だが、唇が緊張のために震えていた。

「劉昌輝は、トミー・チェンを排除しようとしたが、それがきっかけとなり、両者の間で抗争が起きた。劉昌輝はその抗争を終結させるために、トミー・チェンが持ちかけた賭けに乗ることにした。星野とサム・カッツの戦いに賭けたんだ」

「関係ねえ……」

中島は言った。「俺は、そんな話は知らねえ。よくもそんな与太話を考えつくもんだ」

「トミー・チェンは、賭けをより確実なものにするために、星野陣営の誰かを抱き込もうとしたんだ。それが、あんただ」

「ふざけるな。トミー・チェンだと？　俺がそんな香港マフィアに抱きこまれたという証拠でもあるのか？」

中島がそう言った後、私はしばらく黙っていた。彼が今言ったことの意味を自分で悟らせたかった。

だが、中島は気づかなかった。精神的な余裕がないからだろう。

私は言った。

「あんたは、今、トミー・チェンのことを香港マフィアだと言ったな。私は一言もそんなことは言っていない」

中島は、はっと私を見た。

「いや、俺はただ……」

言い訳を考えている。しかし、思いつかないようだ。彼は決定的な失敗に気づいたのだ。

中島は、言葉を失い、ただおろおろと私を見つめていた。一瞬にして、中島が小さくなったように見えた。

小さく、薄汚く見えた。それがひどく哀れだった。

しばらく私は無言だった。中島も無言で私を見つめていた。

やがて、中島は目を伏せた。がっくりと肩の力を抜き、うなだれた。

「仕方なかったんだ……」

小さな声が聞こえた。

私は何も言わなかった。

間を置いて、また中島が言った。

「俺は金が必要だった。山ほど借金を抱えていて、首が回らないんだ。トミー・チェンは借金をすべて肩代わりしてくれると言った。その他に報酬もたんまりくれると言われりゃ……」

人間、金には弱い。借金を抱えているとなればなおさらだ。中島は腕のいいトレーナーだという話だ。時代がよければ借金などに苦しまなかっただろう。同情の余地はあるかもしれない。だが、同情したくなかった。

どんな理由であれ、星野に対する裏切り行為は許しがたい。

「試合が終わるまで星野には近づくな」

私は、できるかぎり冷たく厳しい口調で言った。あまり自信がなかったが、今の中島には充分通用したようだ。

中島はうなだれたままでいた。

「私の行動を誰に教えていたんだ？」

私は声の調子を落として尋ねた。

中島は顔を上げた。一瞬、何を訊かれたか分からない様子だった。

私は苛立《いらだ》ち、もう一度尋ねた。

「私がここに来る日時や、ここを出る時間を誰かに教えていたのだろう？　誰に教えていたんだ？」

「知らない」

「ふざけるな。あんたが、誰かに教えていたことは明らかなんだ」

「いや、そうじゃなくて、相手の名前も素性も知らないんだ。電話番号を教えられた」

「誰から？」

「トミー・チェンの代理人だ。そいつは、日本語が達者だった」

「その電話番号を教えるんだ」

とたんに、中島は慌てはじめた。その顔に怯えの色が走った。

「勘弁してくれ。トミー・チェンがどんなやつか知っているのか？　やつを裏切ったら、生きていられない」

「劉昌輝を知っているな？」

「もちろんだ」

「トミー・チェンも恐ろしいかもしれないが、劉昌輝だって負けてはいない。あんたが、裏切っていたことを劉昌輝が知ったら、どう思うだろうな」

中島の顔色がさらに悪くなり、紙のようになった。

「劉昌輝に話すつもりなのか？」

「話したい気分なんだ。あんたが、その電話番号を教えてくれたら、気が変わるかもしれない」

中島はしだいに追いつめられてきたようだ。彼に選択の余地はあまり残されていない。

彼は考えていた。だが、まともなことが考えられる状態じゃないことは確かだ。おろおろとするだけで、結論が出せないにちがいない。

私は、彼が考えやすいようにしてやることにした。

「警察がすでに動いている」

中島は、不安そうに私を見た。

「警察？」

「劉昌輝とトミー・チェンの抗争事件を調べている。どういうかたちにしろ、警察は決着をつけるつもりだ。そして、劉昌輝は本気でトミー・チェンを排除するつもりだ。トミー・チェンの側についているというのは、どう考えても得策じゃない」

中島の眼にわずかに狡猾《こうかつ》そうな光が戻った。しばらく、考えていた。

そうだ。今、あんたには考えることが必要だ。私は、彼が何か言うのを待つことにした。

やがて、中島は言った。

「俺はその電話番号を教えるだけでいいんだな？」

私はうなずいた。

そして、中島は携帯電話を取り出し、登録してあったその番号を確認して、私に教えた。私は、自分の携帯電話にその番号を控えた。

私は、中島を残してロッカールームを出ようとした。

中島が言った。

「俺のことを、館長や星野に言うのか？」

私は振り返って、中島の顔を正面から見据えた。中島は、睨み返してきた。

「私は言わない。どうするかは、あんたが自分で考えるんだ」

私はふたたび彼に背を向けた。

「あんたのせいだ」

中島が言った。「あんたが、ここにやって来さえしなければ、こんなことにはならなかった。魔法の治療だって？　冗談じゃない。俺一人で、充分にやれたんだ。星野を勝たせることができたんだよ。あんたが来たから、俺は……」

私はロッカールームを出た。

星野の膝は、少しばかり腫れが引いたように見える。だが、それは希望的観測かもしれない。

まだ腫れていることは事実だ。試合まで二週間を切っている。焦りは募る。話を聞いたときから、治療する自信はなかった。だが、今さらそんなことを言っても始まらない。

魔法の治療？　冗談じゃない。中島はそう言った。その点については同感だ。もし、そんなものが本当にあるのなら、今すぐ私に授けてほしい。私は、患者の体の声なき声に耳を傾け、この手の感覚と経験だけを頼りに治療をするだけだ。

星野には、治療を手がけたときから、負荷を減らして回数を増やしたカールと、ハーフスクワットを命じておいた。

膝周辺の筋肉を増強させるためだ。カールにはゴムバンドを使っていた。経験上、ウエイトやマシンを使用するより、関節に負担が少ない。おそらく、ゴムの伸縮の具合がウエイトを使用したマシンより人体の動きに合っているのだろう。

柱にゴムバンドの一端を縛りつけ、もう片方の端を足首に縛りつけてかかとを引きつけるのだ。

ハーフスクワットは、軽く膝を曲げ伸ばしするだけだ。しかし、これも回数を多くした。

そろそろその効果が出はじめてもいい頃だと思っていた。腫れについては、ひたすら冷やすしかなかった。薬を使って腫れを引かせるのはよくない。炎症も、悪いところを治そうとする自然治癒力の一つの現れだからだ。無理やり腫れを引かせると、腫れることによって治そうとしていた、もともとの異常が残ってしまう。

星野は、すでに汗を何リットルもかいていた。まだ、体を休ませる時期には入っていない。コンディション作りに関しては、中島が言ったことは間違いではない。

試合一週間前まで、徹底的に体をいじめて、その後、一週間でゆっくりと疲労を取りコンディションを整えていく。試合、三日前から休養に入り、試合の当日、超回復の状態に持っていくのが理想的だ。

すでに夜の部の練習が始まっている。

その間、星野はひたすらバッグを打ち続けた。

私はその姿を見て、たいしたことをやってやれない情けないトレーナーであることを心の中で詫びていた。少なくとも、計画と準備が必要だった。

膝を治療するのと、試合まですべての責任を持つのでは、蟻《あり》と象ほども責任の重さが違う。今の私は象の重さにあえいでいた。

一般稽古生の練習が終わると、星野はまた私に古流の体さばきを教えてくれと言った。先日教えたことがすべてだと、私はこたえた。

「あれだけですか?」

「あれだけだ。極意なんてそんなものだ。自転車に乗ることを覚えたり、泳ぎを覚えるのと同じなんだ。根本の理屈は一つしかない。あとは応用だ」

先日やったことの復習をしたいというので、私は、杖で突いてやった。星野ほどの選手を相手にするには、私のパンチでは役に立たない。杖で突いてちょうどいい。

私の杖をかわしながら、反撃できる位置に踏み込むのだ。

「だめだ。タイミングが遅い」

何度やっても同じだった。

代わりに私がやってみた。星野がストレートを打ってくる瞬間に、入り身になって、顔面を平手で叩いてやった。相手がどこを打ってくるかわかれば、一流選手相手でもこうしたことは簡単にできる。

星野は首を傾げている。

「自分のほうがリーチも長いし、ストレートのスピードには自信があるんですが……」

「技の速さというのは、物理的なスピードじゃない。半分以上が、心理的なスピードなんだ。でなければ、老人が若者に勝てるはずがない」

「心理的なスピード？」

「相手の技に肉体的に反応すると、反撃のスピードが鈍る。相手がパンチやキックを出した瞬間が勝負なんだ。いわば、見切り発車だ」

「なるほど。クロスカウンターのタイミングですね」

「私には、そのへんのことはわからない。グローブをつけて戦った経験がないんだ。ただ、ボクシングの理論と、古流の空手の理論はまったく違うということだけは確かだ。おまえは、それをいっしょにやろうとしているんだ」

「誰もやらないことをやらないと、勝てないっすよ」

星野は、あっさりと言ってのけた。

これまでずっとそうしてきたのだろう。星野の強さは、リングの上だけのものではない。つねに自分に負荷をかけることのできる精神的強さだ。そして、それを苦に思わない生まれついての楽観主義がある。要するに、脳天気なのだが、スポーツなどの戦いの世界ではこれが大切だ。

それから、私の杖をよけながらカウンターのポジションを取る練習を一時間も続けた。中島が遠くからその様子を眺めている。

星野は、中島のことを露ほども疑ってはいない。だから、練習を見られても平気なのだ。

中島は、この秘密練習のことを、サム・カッツ陣営に知らせるだろうか。私にはわからなかった。

13

練習を終えて、篤心館を出ると、どこからともなくパイコウと馬英将が近づいてきた。

「車を持ってきます。ここで待っていてください」

パイコウが車を取りに行くと、私の脇に馬英将が立った。大男だ。何か話しかけようとしたが、馬は、真剣な表情で周囲に視線を走らせている。

私は黙っていることにした。

ランドクルーザーがやってきて、私は後部座席に座った。横浜から元麻布までのドライブだが、音楽も鳴っていない。退屈なドライブはかなわない。

私は携帯電話を取り出して、中島から聞きだした番号にかけてみた。聞きたくもないカーラジオを聞くよりは気が利いている。

呼び出し音五回でつながった。相手は何も言わない。

「誰かが、おまえたちは、ネオナチかぶれのガキどもだと言っていたが、本当か？」

しばらく間があってから、若い男の声が聞こえてきた。

「誰だ？」

声に聞き覚えがあるような気がする。渡辺滋雄の声のような気がするが、確信はない。

「美崎という者だ。たぶん、あんたは私のことを知っているはずだが……」

相手は何も言わない。

私から電話があって慌てているのだろうか。もし、相手が渡辺滋雄なら、慌てたりはせずに、にやにやと笑っているような気がした。何となく、滋雄がそういうやつに思えてきた。

私は言った。

「どんな目にあおうと、私を頼ってくる患者を放り出したりはしない。私はそう決めている。それだけが言いたかった」

電話が切れた。礼儀を知らないやつだ。

ルームミラーの中から、パイコウの眼がこちらを見ていた。不安げな眼だ。わかっている。彼は、敵を挑発するのは得策ではないと考えているのだ。

だが、これで少しは腹の虫が収まったような気がする。

元麻布の整体院兼自宅の前にランドクルーザーが停まると、私はパイコウに礼を言った。パイコウは黙ってうなずき、馬英将は身動きもせずにまっすぐ前を見ていた。私は車を降りて整体院に入り、ドアを閉めてしっかりと鍵をかけた。


オンザロックを呑みながら、私は赤城に電話をした。赤城の声は嗄《しわが》れていた。私はオンザロックを差し入れしてやりたくなった。

中島が、トミー・チャンに抱き込まれて、サム・カッツ陣営のスパイになっていたことを話すと、赤城は、一声唸《うな》った。

「中島は、私の襲撃を手引きしていました」

「どうやって？」

「ある番号に電話していたと言っていました」

「その電話番号は？」

私は、それを教えた。

「携帯電話の番号だな」

赤城はそれだけ言った。調べてみるとか、持ち主がわかったら知らせるとか、そういう言葉を期待していたのだが、どうやら警察相手にそういう期待を抱いてはいけないらしい。

私は尋ねた。

「ネオナチかぶれの不良グループは存在するのですか？」

「ある。もともとは、渋谷のセンター街あたりにたむろしていた不良グループだ。彼らは、特徴的なシンボルを必要とする。一時期は、それが色だった。アメリカにはカラーギャングという連中がいて、それぞれのグループごとに色分けされているんだそうだ」

「全共闘時代のヘルメットみたいなものですか？」

「シンボルとしては、似たようなものかもしれない。だが、そのカラーギャングも下火になってきた。要するに、連中は飽きてきたんだ。それに代わるシンボルが必要になった。あるグループが、そのシンボルとしてネオナチを見つけた。テレビか何かで見たのだろう。坊主刈りにして、軍服を着た若者たちだ。やつらは自分たちのグループに『鉤十字党』という名前をつけた」

「その『鉤十字党』と渡辺滋雄の関係は？」

「目下調査中だ。渡辺滋雄という少年には、補導歴はない」

「少年？」

「彼はまだ、十九歳だ」

「『鉤十字党』のメンバーもそんなものですか？」

「平均年齢十八歳といったところだろう。能代がガキどもと言ったのは正しかった」

「中島から聞きだした電話番号は、渡辺滋雄のものかもしれません」

赤城はまた唸った。

警察にそんなことを言うのは、釈迦《しゃか》に説法だ。赤城はそう言いたかったのかもしれない。だが、釈迦だって説法に耳を傾けることはあるだろう。新たな発見があるかもしれない。

「おい、星野は勝てるのか？」

「赤城さんも賭けているのですか？」

「賭博《とばく》が御法度《ごはっと》じゃなけりゃあな……。俺は、試合の後のことを気にしてるんだ」

「試合の後？」

「劉昌輝とトミー・チェンは、NG1の利権を試合に賭けてるんだろう？　星野が試合に勝てば、劉昌輝が利権を守ることになる。しかし、それで、トミー・チェンがおとなしく引き下がるとは思えない。やつは実力行使に出る。警察にとっちゃ、その瞬間が検挙のチャンスというわけだ」

「劉昌輝が賭けに負けても、同じことをするかもしれない」

「いや。劉昌輝は頭がいい。墓穴を掘るようなことはしない。だからさ、劉昌輝は絶対に星野に勝ってほしいんだ。俺たちもそう思っている」

赤城は、劉昌輝とトミー・チェンの抗争を終結させたがっている。それが最大の関心事なのだ。

私は不安になった。赤城は、本気で渡辺滋雄のことを調べる気などないのではないかと思った。

私は正式に訴えを起こしたわけではない。私に対する『鉤十字党』の傷害は事件にすらなっていないのかもしれない。だが、少なくとも能代に対する傷害は事件になるはずだ。誰かが調べているのかもしれない。しかし、それは赤城たちの捜査の本筋ではない。

いつか赤城と雑談をしているときに、赤城は言った。

何でもかんでも警察を当てにするのなら、警察官の人数を三倍に増やしてくれ。自分たちで解決できることは、自分たちで片づけてくれ。いじめだの、子供がぐれたの、喧嘩したの、ストーカーだのは、昔はみんな自分たちで片をつけたもんだ。

赤城の言ったことにも、一理ある。昔は、近所にもめごとを取り仕切る顔役がいたり、不良どもが一目置く男がいたりしたものだ。学校では、先生が尊敬され、好かれ、あるいは恐れられていた。

誰のせいか、そういう世の中ではなくなってしまった。たしかに、警察官の数が昔と同じではやっていけないだろう。

だからといって、渡辺滋雄を放っておいてほしくはなかった。笹本有里のことも心配だ。

「笹本有里はどうなっています?」

「所轄の地域課に頼んであるよ」

少しだけ気をつけてパトロールをするという意味だ。

「それだけですか?」

「それ以上、どうしろというんだ。事件が起きているわけじゃないんだ」

「事件の一環でしょう? もとをたどれば、劉昌輝とトミー・チェンの抗争事件なのです」

「だから、もとを絶てば、そういう事件はなくなる」

私は、あきれかえった。

「赤城さんは、試合が終わるまでトミー・チェンには手が出せないと言ったんですよ。だが、『鉤十字党』の連中は、試合前のできるだけ早い時期に私に星野から手を引かせたいんです」

「試合が終わるまで手が出せないなんて言ってない。それがチャンスだと言ったんだ。それ以外のチャンスももちろん狙っている。俺たちは、隙《すき》あらばトミー・チェン一味を検挙しようと思っているし、それが無理でも日本から追い出そうと、あらゆるチャンスを狙っているんだ」

赤城の声は疲れ果てていた。

思えば、パイコウたちも疲れているはずだ。彼らがいつ休んでいるのか見当もつかない。そして、能代は傷ついている。

ぼろぼろの男たちしかいない。

私は泣き言や苦情を言う気をなくした。ぼろ雑巾《ぞうきん》のような男たちが集まって、何とかトミー・チェンの目論見《もくろみ》をくい止めようとしている。

「頼みます」

私は言った。「笹本有里が心配なんです。できるだけのことはしてください」

「わかっている」

赤城は声を押し出すように言った。

私は電話を切った。

そして、オンザロックを飲み干し、能代のことを考えた。笹本有里のことを考え、渡辺滋雄のことを考えた。

最後に星野のことを考え、寝ることにした。


朝の気分はまたしてもひどいものだった。私は汗をびっしょりかいて、目を覚ました。うなされていたらしい。目を覚ましたとたんに、どんな夢を見ていたのか忘れてしまった。だが、悪夢だったことは間違いない。

胸の奥にべったりと黒いタールが張りついているような気分だった。

午後三時には、有里の予約が入っている。有里がやってきたら、また渡辺滋雄のことなどあれこれ尋ねられるだろうか?

赤城の口振りだと、警察はあまり当てにできない。

私は気になっていた。

一瞬、劉昌輝に頼もうかとも思った。だが、それは得策ではないような気がした。

劉は、気兼ねをするなと言うだろう。劉昌輝と私の間が円満なうちはいい。だが万が一、二人の間に問題が起きたら、借りは大きな重荷となる。

そういう相手だ。

午後一時から一人治療をした。そして、有里を待った。だが、予約の時間になっても有里は現れない。

私は不安になってきた。警察は渡辺滋雄をもう見つけただろうか。そして、彼をちゃんとマークしているだろうか。

何もかもが不確かで、私は苛立《いらだ》った。

三時半になり、私は施術記録に書かれていた有里の携帯電話にかけた。電源が入っていないらしくつながらない。

次に、有里の自宅にかけた。母親が出た。予約が入っているのだが、有里がまだやってこないことを告げた。

「あら、それはすいませんね」

母親は言った。「あの子ったら、忘れてるのかもしれないですねえ。申し訳ありません」

のんびりとした口調で、こちらの気分にまったくそぐわない。

本当に母親の言うとおり忘れているのかもしれない。また、何かの事情で来るのが遅れているだけかもしれない。いたずらに、母親に心配をかけることはないと思い、私は、しばらく待ってみると言って電話を切った。

だが、さらに三十分待っても有里は現れなかった。私はもう一度、携帯電話にかけた。

今度は呼び出し音が聞こえた。ほっとしてつながるのを待った。

電話がつながり、有里の声が聞こえるはずだった。だが、有里は無言だった。

「もしもし」

私は言った。「美崎です。聞こえますか?」

「聞こえてるよ」

男の声がして、私は、後頭部を殴られたような気がした。

またしても聞き覚えのある声だと思った。

私は、口の中が急速に乾いていくのを感じていた。無理やり唾《つば》を飲み下し言った。

「渡辺滋雄だな?」

含み笑いが聞こえる。

「あんた、ただの足の悪い整体師かと思ったけど、なかなか油断のならない人だ」

「笹本有里はどうした？」

「ここにいるよ」

「無事なんだろうな？　有里に何かあったら、ただじゃおかない」

「ああ、陳腐な台詞《せりふ》だ」

滋雄は言った。「だけど、人間って、いざとなると陳腐な台詞しか出てこないんだよね」

「私は本気だ」

「僕だって本気さ。仲間がずいぶん痛めつけられたからね」

たいした怪我じゃないはずだ。私は、ベッドに横たわった能代の姿を思い出していた。

「不用意に犬をかまうと手を噛まれる。よくわかっただろう」

「だけど、僕たちも犬を一匹始末した」

李正威のことを言っているのだ。私は陽気な李正威の笑顔を思い出して、かっとこめかみが熱くなるのを感じた。

「有里をどうするつもりだ？」

「どうしようかな……。あんたしだいだけどな……」

だ。


「要求を聞こう」

「あんた、一人で来るんだ」

そう言ってから、滋雄は笑った。「あ、これも陳腐な台詞だよね」

最近の若者は、ウケを狙いたがる。テレビのバラエティー番組の影響だ。そして、どうやら、滋雄は何もかもがゲーム感覚らしい。これも、最近の若者の特徴の一つ
自分の行動を社会の中で相対化できない。善悪の判断がつかないのだ。面白ければいい。自分に都合がよければいい。世の中に規範がなくなったせいだろうか。

私は最近の若者のこういう態度が一番嫌いだ。

「どこへ行けばいいんだ？」

「渋谷」

「渋谷のどこだ？」

「109の地下二階。トイレがある。その個室に行くんだ」

「トイレだって？」

「言うとおりにしたほうがいいよ。早く来ないと、笹本有里がどうなっても知らない。ここには、女に飢えたやつが何人もいるからね。こんないい女を目の前にして、

そいつらがいつまで我慢できるかな……」

電話が切れた。

あれこれ考えている時間はなかった。一人で来いと滋雄は言った。だが、こちらも言いなりになるほどばかではない。

赤城に知らせようと思った。これは誘拐監禁事件だ。素人よりも警察のほうがずっとうまく対処できる。

だが、私は、赤城より先に『パックス秘書サービス』に電話していた。相手が出ると、雨宮由希子に代わってほしいと告げた。

「どうしたの？」

由希子の声が聞こえてくる。「あたしを呼び出すなんて珍しいわね」

「ちょっと、込み入った事情があります。もし、私と連絡が取れなくなったら、代わりに赤城という刑事と連絡を取り合ってください」

由希子はしばらく無言だった。戸惑っているのだろう。しかし、彼女は、よけいなことはあれこれ訊かなかった。差し迫った事情を察知したのだ。

「赤城さんね。電話番号は？」

私は赤城の携帯電話の番号を教えた。

「コンピュータに登録したわ」

「十五分おきに、私の携帯に電話してください。そのつど、居場所を教えます。もし、連絡が取れなくなったら、最後に私が告げた場所を赤城に教えてください」

「了解よ」

「頼りにしてますよ」

「ねえ。何があったか話してくれない?」

私は迷った。だが、由希子なら話しても大丈夫だという気がした。

「笹本有里が、誘拐されました」

由希子はしばらく何も言わなかった。やがて、彼女は言った。

「あたしたちは連絡業務のプロよ。任せておいて」

私は電話を切り、赤城にかけた。

電話に出た赤城は、相手が私だとわかると、迷惑そうに言った。

「俺は、あんたに雇われてるわけじゃない。公務員なんだぞ。例の電話番号なら、レンタル電話のものだった。誰に貸し出したかは、まだ特定できていない」

「渡辺滋雄たちは、笹本有里を誘拐しました」

「何だって?」

声の調子が変わった。はっきりした事件となると警察はたちまち反応がよくなる。

「詳しく教えてくれ」

「笹本有里が予約の時間に現れないので、彼女の携帯電話にかけました。電話に出たのは、渡辺滋雄でした。私に一人で来いと言いました」

「どこへ？」

「渋谷の109。トイレの個室に入れと……」

「何かメッセージがあるはずだ。本当にあんたが一人かどうか、確認するために何カ所か移動させるんだ。誘拐犯の常套《じょうとう》手段だ」

私は、由希子と打ち合わせした段取りを赤城に伝えた。

「待て。こっちの態勢が整うまで待つんだ」

「一刻を争います。私はすぐに出ます」

電話を切ると、私は施術用の白衣を脱ぎ捨て、Tシャツを着てその上にスポーツジャケットを羽織った。

整体院の外に出ると、パイコウが離れたところに立っていた。私を見ると近づいてきた。

「どこに出かけますか？」

私は言った。

「渋谷だ」

「何かありましたね？」

パイコウは、私の顔色を見て取ったようだ。

「私の親しい患者が誘拐された。犯人は私を襲撃した連中だ」

パイコウは、眉間《みけん》にしわを刻んだ。車の中から、挑発的な電話をかけたことを非難しているようにも見える。

「私たちは、あなたを守るように命じられています。いっしょに行きます」

私はかぶりを振った。

「警察に連絡してある。手出しは無用だ」

「警察より、私たちのほうが頼りになることがあります」

「あんたたちが手を出せば、トミー・チェンが乗り出してくる。これ以上、ことを大きくしたくない」

パイコウは、私を見つめていたが、やがてうなずいた。

「では、せめて、誘拐された人物の名前を教えてください」

私はパイコウがなぜそんなことを知りたがるのか訝《いぶか》った。おそらく、劉昌輝に報告する義務があるのだろう。教えることにした。

「笹本有里だ」

パイコウはもう一度うなずき、言った。

「近くまでお送りしましょう。でないと、私は劉社長から叱られてしまいます」

「助かる。渋谷の道玄坂、１０９の前まで頼む」


ランドクルーザーで移動中に、由希子から連絡があった。私は、現在位置を知らせた。由希子は赤城とも連絡を取り合っているという。

誘拐監禁事件となれば、警察も本腰を入れざるを得ないだろう。中年男が少年グループに襲撃されたのとはわけが違う。

道玄坂と東急本店通りの分かれ道で車を降りた。パイコウは、何も言わなかった。何もできないことを、残念に思っているのだろうか？　それとも仕事が減ってほっとしているのだろうか？

私は、１０９に急いだ。

原色の服を身にまとい、髪を茶や金に染めて冗談としか思えないような化粧をした十代の女性であふれている。普段なら、絶対に足を踏み入れないビルだ。

エスカレーターも原色の女性だらけだ。中年男の姿などない。だが、居心地が悪いの、場違いだのと言っている場合ではない。

地下二階のトイレを探し、個室のドアを開けた。中に入ってドアを閉めると、何かメモのようなものがないか探した。ゴミ箱の中まで見た。しかし、何もない。

滋雄は、私をからかっただけなのかもしれない。そう思うと、また腹が立ってきた。

携帯電話は鳴らない。おそらく地下二階なので電波が届かないのだろう。このビルを出たら、由希子に電話をするつもりだった。

私は、個室を出た。すると、そこに若者が立っていた。髪を短く刈っている。黒いTシャツを着て、迷彩の入った野戦服のズボンをはいている。

ただの順番待ちかもしれないと思い、私はその若者の前を通りすぎた。そのとき、背後から声をかけられた。

「美崎だな？」

私は振り向いた。

若者はにやにやと笑っている。

「東急本店通りのマクドナルドの前にあるゴミ箱の裏を見るんだ」

この若者をここでぶちのめしてやりたいと思った。そうされても仕方のないような笑い方をしている。

「おっかねえ顔すんなよ」

若者は言った。「俺に何かあったら、あの有里って女がひどい目にあうことになっている」

私は口をききたくなかった。黙って、トイレを出ようとした。

「携帯、よこしなよ」

若者は言った。「誰かに連絡取られたらやばいからな」

携帯など持っていないと嘘をついても始まらない。やつは、私のポケットを調べるだろう。よけいな時間は取りたくなかった。

私は床に携帯電話を放り出すと、トイレを出てエスカレーターに乗り、ビルの外に出た。

見ると渋谷の街には、今の若者のような軽薄で人をばかにしたような笑いが満ちている。無性に腹が立ち、私は下を向いて東急本店通りを進んだ。

マクドナルドの前にあるゴミ箱。私は、なりふりかまわず、その裏を覗き込んだ。

店先でストローをくわえただらしのない恰好《かっこう》の少女が、ぼんやりとこちらを見ている。その眼には、中年男に対する敵意と軽蔑《けいべつ》が感じられるような気がした。滋雄のせいで、若者すべてが腹立たしく見える。たぶん、少女の眼に敵意を感じたのもそのせいだろう。

紙が張ってあった。

「渋谷、円山町《まるやまちょう》、ブロンクス」

私は、公衆電話を探した。だが、町中から公衆電話が消えている。マクドナルドの角から細い路地に入り、ようやく一つ、公衆電話を見つけた。

まず、由希子に電話をした。

「携帯電話を奪われました。そっちからの呼び出しはできません。渋谷のブロンクスへ来いというメモがありましたが、ブロンクスというのが何かわかりません」

「ちょっと待って……」

しばらく待たされた。テレホンカードの残りがわずかになっている。

「わかったわ。ブロンクスというのは、クラブの名前よ。渋谷のホテル街の中にある。オンエア・イーストというホールのそばにある」

「探してみる」

私は電話を切ると、渋谷のホテル街のほうに歩いた。気温は高くないが、私は汗をかいていた。杖をつきながら歩くのは、意外と体力を消耗する。

携帯電話を奪われたが、どうということはない。数年前まで人々は電話など持ち歩いていなかったのだ。

私はそう感じるが、若者たちはそうではないかもしれない。彼らの生活には、すでに携帯電話がしっかりと組み込まれている。

やつらは、私から携帯電話を取り上げ、手足をもいだようなつもりになっているかもしれない。

誰かがどこかで私を監視していることは充分に考えられる。赤城もそう言っていた。少なくとも、私は滋雄に言われたとおりのことをしている。一人でここまでやってきた。滋雄は、電話をかけるなとは言わなかった。

私は、杖をついて歩き回り、ブロンクスを探した。見つからない。

オンエア・イーストの前にたむろしていた若者に尋ねてみた。三人目の長髪の男が知っていた。教えられた場所を、私は二度通りすぎていた。

よく見ると、ドアの脇に目立たない看板が張りつけてある。店は閉まっていた。

私はドアを叩いた。通行人が怪訝《けげん》そうな顔でこちらを見ていたが、そんなことを気にしている余裕はない。

返事がないので、私はさらに激しくドアを叩いた。

いきなりドアが開いた。中は薄暗い。顔を出した若者は、さっき１０９のトイレにいたやつと同様に、坊主刈りにしていた。ネオナチの連中が坊主刈りにしているのを、写真などで見たことがある。

『鉤十字党』はそれを模倣しているのだろう。最近のガキどもは恰好から入ると赤城が言っていた。恰好だけを真似ているのかもしれない。思想や信条など二の次なのだ。

「入れよ」

若者は言った。店にはいると、湿ったにおいがした。入り口の脇にレジカウンターがあり、その奥が広くなっている。右手にコインロッカーが並んでいる。左手の奥にはバーカウンターがあった。

螺旋《らせん》階段が下に向かって伸びており、下の階がダンスフロアのようだ。

バーカウンターの側に、四人の若者がいた。その中の一人が渡辺滋雄だった。彼だけが髪が長く、あとの連中は皆坊主刈りにしている。

私の心臓は、胸郭を突き破りそうだった。口の中が乾いている。

全員、ぶちのめしてやる。

それが不可能でも、やれるところまでやってやる。

「よく来たね」

滋雄が言った。先日会ったときと同様に、ジーンズのジャンパーとジーパンという姿だ。ポケットの蓋にハーケンクロイツのバッジをつけている。

その場の様子からして、どうやら、渡辺滋雄がこのグループのリーダーのようだ。すべてを彼が取り仕切っていたのだ。

「有里はどこだ？」

有里の姿はなかった。声も聞こえない。

その場にいる『鉤十字党』のメンバーが失笑した。その笑いの意味がわからず、私は腹を立てた。

「有里はどこだと訊いているんだ」

滋雄は、携帯電話を掲げて見せた。シルバーピンクの電話で、キティーのストラップがついている。見覚えがあった。有里の携帯電話だ。

「やっぱり、騙《だま》されたね」

「何だって？」

「僕らが本当に、誘拐なんてやると思った？　あんたをおびき寄せるには、この携帯電話だけ奪えばそれで充分だよ。よけいなリスクを冒す必要はない」

有里と滋雄が接触したのは間違いない。彼は誘拐はせずに、有里から無理やり携帯電話だけを取り上げたということらしい。

「有里は無事なのか？」

「知らないよ。僕は携帯電話だけを頂戴しただけだ」

「予約の時間に現れなかった」

「それが、僕らの狙い目だからね。予約の時間に現れなければ、あんたは慌てはじめる。思うつぼってやつだ」

「どうして、有里の予約の日時がわかった？」

「毎週、同じ日の同じ時間に通っていたじゃない」

ストーカーのふりをするのには、そういう目的もあったのだ。

「大学からまっすぐここに向かう。それが彼女のいつものパターンだ。だから、僕は大学の外で待ち伏せしていた。案の定彼女は現れたよ。彼女は、僕と話すのを嫌がったけど、こっちにも事情があるからね。仲間の手を借りて、車に乗ってもらった。携帯電話を渡すように説得して、時間を稼ぐためにドライブをした」

「彼女に妙な真似はしなかっただろうな？　女に飢えた仲間がたくさんいるとか言

ってなかったか？」

「あれはただの脅し文句だよ。僕らはそういう真似はしない。高潔をモットーとしているんだ」

「傷害事件や殺人事件はその高潔なモットーに反しないのか？」

「反しない」

滋雄はあっさりと言った。「目的ある暴力は必要だと考えている」

「有里はどうした？」

「ここにくる途中に、降りてもらったよ。電話を返せってうるさかったけどね。今頃、あんたの整体院に行ってるんじゃない？」

私はまんまとひっかかり、おびき寄せられたというわけだ。たしかに、滋雄の計画は効率がいい。

今考えると、誘拐事件としては穴だらけだ。今頃、由希子から連絡を受けた赤城が警察を動かしているかもしれない。私はとんだ狼少年というわけだ。

滋雄はそこまで計算していたのかもしれない。

「ここで私を殺そうというのか？」

滋雄はかぶりを振った。

「僕たちだって、人殺しがやばいということくらいは知っている」

「李正威を殺した」

「警察やマスコミはそうは思っていない。あれは中国マフィア同士の抗争ということで処理された。あんたをここで殺したら、そうはいかなくなる」

「では、最初に私を襲撃したときのように、商売道具の両手を壊そうというのか？」

滋雄はかぶりを振った。

「あんたが、暴力に屈しないというのはよくわかった。膝を壊しているにもかかわらず、あんたは強かった。うちのメンバーがずいぶんと怪我をした。つまり、あんたはハンディーを克服する工夫と努力をする人だということだ。手を壊されても、別の方法で星野を治療しようとするだろう」

滋雄の判断は正しい。

私は、訝《いぶか》った。

「じゃあ、私をここにおびき寄せた目的は何だ？」

「話がしたかった」

「話ならどこでもできる。事実、おまえとは、私の整体院で話をしている」

「あのときとは、事情が違うよ。僕は誰にも邪魔されずに、落ち着いて話をしたかったんだ」

「何を話したいんだ？」

滋雄は、私に座るように言った。だが、私はそれを断り、立ったままでいた。背後に一人立っている。滋雄を入れて、『鉤十字党』は五人いた。外にも何人かいるかもしれない。

滋雄は言った。

「僕らには、シンボルが必要だ」

「シンボル？　それは、その胸につけているバッジのようなものか？」

「僕らの誇りを象徴するようなものだ。僕らが生きてきた社会は、そういうものを僕らに与えてくれなかった。だが、僕らは、それをサム・カッツの中に見つけたんだ」

「つまり、ネオナチか？」

滋雄はうなずいた。

「僕が星野選手のファンだというのは嘘じゃない。サム・カッツのことも、星野選手の対戦相手として調べたんだ。調べるうちに興味がわいてきた。彼は幼い頃に両親とともにオランダに移住した。その後、両親が事故で亡くなり、サム・カッツは食うや食わずの生活を送ることになる。祖国から離れ、たった一人で生きていかねばならなかったんだ。僕らには想像もできない生活だったと思うよ」

滋雄は、何不自由ない生活を送っているように見える。厳しい環境で生活しなければならない人に、コンプレックスを持っているのかもしれない。それを、憧れと混同してしまう年齢は、たしかにある。

「サム・カッツは生きるために盗んだ。そして、生きるために戦うことを学んだんだ。彼がオランダのマフィアと関係ができるのは、ごく自然のなりゆきだったんだ。だけど、彼はその世界からはい上がった。マフィアと手を切り、格闘技の世界で名を成した。暗黒街で辛い日々を送っていたときから、現在にいたるまで、彼の支えとなったのは、ゲルマン民族としての誇りと祖国への憧れだったそうだ」

「彼がネオナチに近づいたのも、必然だったというわけか？」

「僕は、その純粋な愛国心と民族の誇りに感動した。今の日本にはそんなものはない。そして、僕らはそれを切実に必要としている。だから、僕らはネオナチからそれを学ぼうとしているんだ」

「やつらはただの愚連隊だ」

私はできるだけ静かな口調で言った。ただの反発とは思われたくない。事実を伝えようとしていることをわかってほしかった。「暴力と差別に、かつてのナチの名を使っているにすぎない」

滋雄はかぶりを振った。

「そういうふうに報道されているし、事実そういう連中もいるかもしれない。でも、ドイツの誇りを取り戻そうと真剣に取り組んでいる人もいる。アイデンティティーだよ。今の日本にはアイデンティティーはない。右翼や極右といわれる組織のことも知っているよ。でも、彼らが本当に日本の歴史を学び、民族史を学び、その上で日本の誇りについて真剣に考えているかどうか疑問なんだ。学校ではそういうことは教えてくれない。戦後は、愛国心だの民族の誇りだのはタブーとされているくらいだ。それじゃ、僕らは、何を拠《よ》り所にして生きていけばいいんだ？」

彼らは不安を感じているのだ。それは理解できた。自分たちがどこから来て、どこへ行こうとしているのか。それが見えない。

若い彼らは不安でしかたがないのだ。

そんな彼らの眼に、ネオナチの信条はしっかりしたものに映ったのだろう。

彼らは誇りがほしいのだ。そして、サム・カッツの生き様にそれを発見して心酔した。そこまではわかる。

だが、彼らがネオナチにまで傾倒する精神構造が理解できなかった。

「ネオナチは、ゲルマン民族至上主義だ。私たちアジア人は排斥される側なんだ。それなのに、なぜ、おまえはネオナチを信奉するんだ？」

「民族の誇りだ。ネオナチのゲルマン民族至上主義は、ドイツ人のドイツ国内における運動だ。それを、普遍化したとき、中国人の香港における民族の誇りの問題になり、日本の若者の民族の誇りの問題になる」

中国人の香港における民族の誇り？

滋雄は、トミー・チェンのことを言っているのだ。

「つまり、拡大解釈したわけか？」

「第二次世界大戦中も、日本はナチスドイツと同盟を結んでいた」

「それは、たんに戦略上の問題だ」

「僕はそうは思わない。両者には相通じるものがあったんだ」

「単純に考えれば、だ……」

私は言った。「日本人のおまえが、日本人の星野を応援するのが自然じゃないか」

滋雄はかぶりを振った。

「星野には、民族的なシンボル性はない。彼は自分のため、あるいは篤心館のためだけに戦う」

「それも立派なことだと思うがな……」

「星野自身は立派だと思うよ。でも、彼のファンたちに対する影響力が違う。日本のファンは所詮、評論家でしかない。勝てばそこそこ満足するが、負ければしきりに批判する。だが、サム・カッツが勝てば、ネオナチのメンバー全員が心から驚喜するんだ。ネオナチの結束に一役買っているんだ」

「サム・カッツが賭けで儲《もう》けて、その金が流れ込むからだろう」

「それは、たいした要素じゃない。大切なのは精神性なんだ」

滋雄の言っていることは、正しいようでどこかがずれている。私は、宗教かぶれか何かを相手にしているような苛立ちを感じていた。

滋雄が言った。

「話ができてよかったよ。僕の立場を理解してもらえるといいんだけど……」

「私が理解したところでどうしようもない」

「僕らが、ただ面白半分にあんたを襲撃していたわけじゃないということをわかってほしかったんだ。僕らの役割はもう終わったからね」

「役割が終わった……？」

「結局、僕らは失敗した。おまけに、李正威を殺してしまった。これ以上は動けない。だから……」

滋雄は、事実をありのままに伝えるさりげない口調で言った。「次に行くのは、トミー・チェンのところの黒犬だ」

私は奥歯をぎゅっと噛みしめていた。首筋に氷を押し当てられたような気がした。

「さあ、話は終わりだ」

帰れという意味だ。私にもここに留まっている理由はない。踵《きびす》を返して出口に向かおうとした。

なぜだろうとそのとき私は思った。

滋雄が私をここに呼び出した理由がわからない。ただ、自分たちの信条を私に伝えるためなのだろうか。それはあまりにも無意味な気がした。

「あ、ちょっと、待って……」

滋雄が言った。

振り向くと、彼は、二つの携帯電話を持っていた。有里と私のものだ。

「これ、返しておくよ。借りただけだから。盗んだなんて言われると心外だからね」

私はそれを受け取り、言った。

「アイデンティティーがどうの言っていたな?」

「ああ」

「そいつは、誰かに教わるもんじゃない。自分で、自分自身の中に見つけるものだ。少なくとも私はそう思っている」

滋雄は何も言わない。

彼らは受け容れないかもしれない。だが、言っておかなければならない。拒否されようが笑われようが、自分が学び、信じていることを伝える。それが大人の役割だ。

私はブロンクスの外に出た。

とたんに、数人の男に囲まれた。

背広姿の男と、ジャンパーを着た男が入り交じっている。いずれも人相が悪い。

「美崎照人さんだな?」

背広姿の中年男が言った。彼は警察手帳を出した。「渋谷署の中川だ。人質はどうなっている?」

「人質はいません」

「いない？　誘拐監禁事件じゃないのか？」

「狂言でした」

「狂言……」

中川は、私を睨《にら》みつけた。

私はうなずいた。

「私は騙されたんです。かつがれたんですよ」

「つまり、誘拐監禁事件は起きていないんだね？」

「起きていません」

私は、つけ加えた。「でも、横浜で李正威を殺した実行犯が店の中にいるかもしれません」

「何を言ってるんだ、あんた」

「え……？」

「例の中国マフィアの件だろう？　その実行犯なら、もう逮捕されたよ。自首してきたんだ」

滋雄に抜かりはないということか。『鉤十字党』の誰かが犯人として差し出されたのかもしれない。あるいは、トミー・チェンが誰かを犯人に仕立てたのか……。

私は、疲れ果て、力なくかぶりを振ることしかできなかった。

そのとたん、私は猛烈な衝撃を受けて、何がなんだかわからなくなった。すさまじい音と、体中に叩きつけられるような空気の振動。私は、道路に倒れていた。

まわりの刑事たちも同様だった。ある者は倒れ、ある者はうずくまっている。ブロンクスのドアが私のすぐ脇に落ちていた。

鼓膜がおかしくなった。耳が痛い。何が起きたのか悟るまで、しばらく時間が必要だった。刑事たちは、私よりずっと早く行動を再開していた。慌ただしく電話をかけ、駆け回っている。

彼らの姿を見、彼らの会話を聞いて、ようやくブロンクスのなかで爆発が起きたのだということがわかった。

あと五分、ブロンクスの中にいたら、私も吹っ飛ばされていた。私はまた歯ぎしりをしていた。

滋雄が私を呼び出した理由がようやくわかった。彼は、トミー・チェンにそうするように指示されたにちがいない。私と話をするようにと言われたのだ。自分たちの信条を話したがっていた滋雄はそれに応じた。

トミー・チェンは、滋雄たちもろとも私を消すつもりだったのだ。『鉤十字党』

は、トミー・チェンの期待を裏切った。もはや彼らは邪魔者だったのだ。トカゲの尻尾切りというわけだ。

あたりを駆け回っていた中川がようやく、私のところに戻ってきた。

署で話を聞きたいという中川に従って、渋谷署まで行き、誘拐監禁の狂言の顛末《てんまつ》を話した。中川が、私と『鉤十字党』の関係について聞きたがったので、話をすると、誇大妄想狂を見るような眼で私を見た。

そして、赤城の名を出すと、急に冷淡な態度になった。

「じゃあ、そいつは、本庁が仕切ってるわけだな」

中川は、言った。「こっちは、誘拐監禁事件が狂言だったということだけわかればいい。帰っていいよ」

「爆発の件は？」

私が尋ねると、中川がさらに冷淡な口調になって言った。

「捜査するよ」

本当は、それも本庁の事案だと言いたいのだろう。

左膝が激しく苦情を申し立てていたので、タクシーを拾って整体院に引き上げた。

パイコウたちは現れなかった。どこまで私についてきたかわからない。警察が集結してきたので、姿を消したのかもしれない。

玄関の前に有里が立っていた。

私を見ると、もうぜんとまくしたてた。

「もう、あったまきちゃう。あいつ、あたしを無理やり車に連れ込んで、あちこち連れ回して、あげくに携帯電話取られたのよ。ここにくれば、閉まってるし……。もう、どうしようかと思っちゃったわ」

「ずっとここで待ってたのか？」

「まさか。そのへんでお茶したり、時間をつぶして、また来てみたんだよ」

私は、有里の携帯電話を取り出して差し出した。

「あ、これ、あたしんじゃない。どうしたの？」

「話をした」

有里は携帯電話を受け取り、メモリーされている事柄のチェックを始めた。

「話をしたって？　渡辺と？」

「そうだ。そして、あいつはもういない」

「いない？」

「爆発に巻き込まれて死んだ」

有里はしばらく目を丸くして、私を見つめていた。

「何よ、それ……。どういうこと？」

「とにかく、もうあいつはいないんだ」

ひどく後味が悪く、私は苛々していた。

「ちゃんと話してよ」

「いずれな……」

私はひどく面倒くさくなっていた。有里には申し訳ないと思ったが、すべてを説明する気にはなれない。

私はふくれっ面をしている有里に言った。

「少し遅くなったが、治療受けていくか？」

「当然。治療を受けないと、練習に響くからね」

私は、有里に着替えをさせておいて、由紀子に電話をかけた。

「今、整体院に戻りました。問題ありません。誘拐は狂言でした。爆発騒ぎがありましたが、私は無事です。赤城さんにそう伝えてもらえませんか？」

「狂言……、爆発……？」

由希子の声はあくまでも事務的で冷静だった。「まあ、何事もなくてよかったわ。

赤城さんには連絡しておく」

何か言わなければならないと思った。

「助かりました。心強かったですよ。ありがとうございます」

「任せて。あたしはプロよ」

電話が切れた。

それから五分後に赤城から携帯電話にかかってきた。

「渋谷の爆発はどういうことだ？」

私は、考えていたことを話した。トミー・チェンが『鉤十字党』と私の両方をいっぺんに片づけようとしたのだろう、と。

「誘拐は狂言だったんだな？　どういうことなんだ？」

私は、滋雄が有里から携帯電話を奪って、誘拐したように見せかけたのだと告げた。

「渡辺滋雄と話したのか？」

「話しました」

「それで、どうした？」

「彼らの役割は終わったと言っていました。そして、彼らは消されました」

赤城の舌打ちが聞こえた。

「役割が終わったというのは、諦《あきら》めたということか?」

「次が来るということです。黒犬が来ると言っていました」

「そいつは冗談じゃすまねえな」

「冗談じゃすみません」

溜め息の音が聞こえ、電話が切れた。

有里が施術室で待っていた。

14

私は施術の合間を見て、能代の見舞いにやってきていた。

顔の包帯が取れていたが、まだガーゼを張りつけていた。左の眼の回りには黒い痣《あざ》ができている。まだギプスが取れていないが、元気そうだった。

「ただベッドに寝ていればいい生活なんて、夢のようだな」

能代は言った。

「入院費とかは大丈夫なのか？」

「そのために損保や生命保険の特約に入っているんだ。生きていくのに、抜かりはねえよ」

「ひょっとしたら、死に急いでいるのかもしれないと思っていた」

「それは、あんたにそのまま返したいよ。俺は死にたいなんて思ったことは一度もない。できれば、スキャンダルで楽に儲《もう》けて暮らしてえ」

「口ほど楽な生き方を選んでいるとは思えないけどな」

「ガキどもの正体はわかったのか？」

「『鉤十字党』というネオナチの日本版だ。リーダーの名は渡辺滋雄」

「警察はそれを知っているのか？」

「知っている。あんたが握りしめていたバッジも持っていった」

「俺がバッジを……？」

「それが決め手になったんだ」

「覚えてねえな……。そいつら、検挙されたのか？」

「いや」

「どうして、警察は検挙しねえんだ？　あんたを襲撃し、俺が大怪我をした」

「彼らは死んだ。爆弾で吹っ飛ばされた」

能代は、一瞬片方の眉を吊り上げた。驚きの表情だ。やがて、彼はそういうことかというふうに、何度かうなずいた。

「ガキどもがいなくなったというのに、あんた、顔色がよくねえな。トラブルが続いているのか？」

「星野の膝《ひざ》の経過があまりよくない」

能代は、まだ私を見つめている。

「それは気になるだろうが、あんたはそれくらいのことでおたおたする人じゃねえだろう」

「それくらいのことというが、私の職業にかかわることだ。それに、大勢の人間の期待と欲が星野とサム・カッツの試合にかかっている。気が気じゃないさ」

「だが、それだけじゃねえだろう？」

私は眼をそらした。カーテンに窓から差し込む日の光が映っている。柔らかい秋の日差しだ。こののどかさが、かえって私の不安をかき立てていた。

私は、能代に眼を戻すと言った。

「『鉤十字党』は消えたが、次には、トミー・チェンの直属の殺し屋がやってくる」

「殺し屋……？」

「黒犬と呼ばれている。赤城はサイコ野郎だと言っていた」

「劉昌輝に相談してみたらどうだ？」

「劉昌輝は、もう知っている。彼の家を訪ねたとき、黒犬が私の前に現れたんだ。劉昌輝は警戒を強めた」

「ならば、一安心だな……」

「だといいが……」

「気をつけるんだな」

　能代は言った。「俺より先に、郁子に会いに行くのは許さねえぞ」

　病院を出ると、雲行きが怪しくなってきた。秋の天気は変わりやすい。東の空はまだ明るいが、西から雲が押し寄せてきている。残暑にもかかわらず、病院の白い壁が寒々しく見えた。まだ葉を残している病院の前の木立が風にざわめいている。

　たしかに、パイコウたちは警戒を強めていた。私が渋谷警察に連れて行かれたときも、彼らは尾行していたのだという。

　能代の見舞いの行き帰りも、パイコウは車で送ってくれた。星野の試合まであと、一週間あまり。それまではＶＩＰ待遇というわけだ。

　黒犬が動くとなれば、赤城も何かの手を打つかもしれない。今、こうしている間も、どこかで刑事が監視の眼を光らせているかもしれないのだ。

　黒犬が乗り出してきたことで、ようやく赤城の興味の範疇《はんちゅう》に私が入ったと考えていい。だが、警察の考えることだ。私は殺されたほうが都合がいいのかもしれない。そうすれば、黒犬を殺人罪で逮捕することができる。

もし、殺人の現行犯で逮捕されれば、言い逃れはできない。

いや、考えすぎだろう。そこまで警察を悪人にするのはかわいそうというものだ。

整体院での治療を終え、夕刻に篤心館に向かった。空は厚い雲に覆われており、夕闇が早くやってきたが、雨はまだ降り出してはいなかった。パイコウが車で送ってくれる。これが癖になったらえらいことだ。会社の役員のようにどこに行くにも運転手つきの車が必要になってしまう。

星野は、シャドウをやっていたが、その動きがいつもよりぎこちないような気がした。私は、さらに膝が悪化したのかと思い、あわててシャドウをやめさせた。

「膝を見せるんだ」

トミー・チェンが、私に星野から手を引かせることに失敗したとしても、私が治療に失敗したら何にもならない。

私は、星野をマットに座らせると、テーピングを解いた。星野は何も言わず私の顔を見ている。私の剣幕に驚いたのかもしれない。

私は、解いたテープを手にしたまま、しばらくぼんやりと星野の膝を見つめていた。それから、星野の顔を見た。星野は私と眼が合うと、突然、にっと笑った。

星野の膝から腫れが引いていた。変色もない。

星野が言った。

「痛くないんですよ。調子がいいんです」

私は、安堵《あんど》のあまり、全身の力が抜けていくのを感じていた。

「シャドウの動きが鈍いんで、てっきりまた悪化したんだと思っていた」

「あまり具合がいいんで、かえって怖くなって……。調子に乗って動いてまた腫れるといやじゃないですか」

なかなか治療の効果が出ないが、あるときから劇的に快方に向かうということを、これまでも何度か経験していた。

やはりスポーツ選手にその傾向が強かった。私はそれを、治癒の閾《しきい》と呼んでいた。ダムのようなものだ。治療効果を水流と考える。いくら治療という水を流し込んでも、ある高さのダムがあって、なかなか水は流れ出さない。しかし、治療の水位がダムの高さを超えた瞬間、一気に怒濤《どとう》のように流れ出すのだ。

「試合まであと一週間だ」

私は言った。「これからは調整期間だ。負担がさらに減るから、膝はどんどん快方に向かう。腫れが引いたので、私も思い切った治療ができる」

「自分は信じていましたから。言われたとおりに、治る、治ると自分に信じ込ませていました」

「私のこれまでの経験を、あと一週間ですべてこの膝に注ぎ込んでやる。安心して調整するんだ」

「例の体さばきですけど。そっちも何とかなりそうです」

星野は自信ありげだった。この楽観的なところが、頼もしい。

「そうか」

私はうなずいた。

「要するに、クロスカウンターのタイミングなんですよね。インファイトしてカウンターを打つ。そのタイミングだけが勝負だと……」

「そのとおりだと思うが、以前も言ったが、私にはグローブマッチの経験がない。これ以上は何も言ってやれない」

「大丈夫ですよ。自分は、考えるファイターですから」

星野は冗談で言ったようだ。しかし、それが間違いでないことを、すでに私は理解していた。

そのとき、誰かが私を呼ぶ声が聞こえた。見ると、磐井館長が館長室から顔を出して私に手招きをしている。

私は、星野にふたたびテーピングをするように言って、館長室に向かった。

磐井館長はいつものようにダブルのスーツを着ている。難しい顔をしていた。

「入ってくれ」

私は館長室に招き入れられた。そこで立ちすくんだ。

誰かが床にうずくまっているのが眼に入った。それは、中島だった。うずくまっているのではなく、土下座しているのだ。額を床にこすりつけている。

磐井館長は、机の向こうに回り、椅子に腰を下ろした。それから、苦々しい口調で言った。

「中島から話は聞いた」

私は中島を見ていた。中島はぴくりとも動かない。私は何も言えなかった。

「こいつは、サム・カッツ陣営のスパイだったそうだな。あんたに、治療から手を引かせようとしたり、星野の膝をわざと悪化させようとしていたと言っているんだが、それは本当なのか」

「本当でした」

磐井館長は、奥歯を噛みしめていた。こめかみがぴくぴくと動いた。怒りを抑えているのだ。

「だとしたら、許しがたい裏切り行為だ。道場生全員で袋叩きにして、放り出してやる。本来ならば、殺されても文句は言えないところだ」

私は、磐井館長の怒りが理解できた。だが、中島の気持ちもわからないではない。

私は言った。

「私は、何も言うつもりはありませんでした。だから、中島さんはこのままスパイを続けていることもできたのです」

「何だって？」

「殺されても仕方がないと磐井館長は今言われましたね。でも、本当に殺すつもりはないでしょう。しかし、向こうの連中は裏切りを決して許さない。スパイを止めるなどと言ったら、中島さんは本当に殺されるでしょう」

磐井館長は、私の言葉を理解したようだ。彼もトミー・チェンのことは知っているのだ。

「しかし、だからといって、このまま中島を許す気にはなれない」

「館長は、先日、中島さんを星野から外しました。私に星野を任せてくれると言ってくれたおかげで、膝は快方に向かっています」

磐井館長の顔がぱっとほころんだ。

「本当か？　さすがだな……」

「私は、星野の膝に専念します。私にできるのはそこまでです。その先は、中島さんの力が必要だ」

「中島の力が……？」

「試合経験です。臨機応変のアドバイスが必要になるでしょう。星野の不安をできるだけ取り除いてやらなければなりません」

「しかし、先生も試合経験者だろう」

「昔の話です。それにグローブマッチの経験はありません」

　磐井館長は、考えこんだ。

「どうすればいいんだ……」

「このまま、中島さんにはスパイの振りをしていてもらえばいい。いい加減な情報を向こうに流せばいいんですよ」

「だが、こいつは、トミー・チェンから金をもらっているんだ。ただではすまんぞ」

「そういう問題については、私たちが解決できる範囲を超えているんじゃないですか？」

磐井館長はまた考えこんだ。

「そうだな。試合が終わってから、劉さんに相談するしかないだろうな」

そのとき、中島がぱっと顔を上げた。

私を睨《にら》みつけて言う。

「情けをかけるのはやめてくれ。すっぱり切ってくれてかまわねえんだ」

私は中島に言った。

「ここを首になったことをトミー・チェンが知ったら、彼は本当にあんたを殺しますよ。ネオナチかぶれの若者たちがどうなったか、知らないわけじゃないでしょう」

「殺されたっていい。もう生きていたって、いいことなんざ、何もねえ」

彼は自暴自棄になっている。

私に彼を説得する義務などない。私は少々面倒くさくなってきた。

「死ぬのはかまいませんよ。でもね、私たちはまだあんたを必要としている。この先、いいことなんて何もないと言いましたが、それはあんたしだいなんですよ。この時点で自分から白状したということは、こっちの陣営に戻りたいと考えたからでしょう？　だからこそ、私は言ったんです。あんたを必要としていると。子供みたいにごねていないで、大人になったらどうです」

中島は圧倒されたように、私をぽかんと見上げていた。

私は、これ以上一言もしゃべる気はなかった。沈黙が続いた。

やがて、磐井館長が言った。

「一度だけチャンスをやる。ちゃんと仕事をしろ。自分のやるべきことをやるんだ」

「しかし……」

中島はおろおろと言った。「星野をこの人に取られた俺に、何をやれと……」

「自分で考えろ」

私は、自分の用はすんだと思い、館長に断って部屋を出た。

あんなに中島に腹を立てていた私だが、今は憎む気になれなかった。ただ、哀れだった。どんな相手でも腹を立て続けることは難しい。人を裁く権利が私にあるとも思えない。

星野は、シャドウを続けていた。

いざ試合となれば、中島の経験が必要だ。今は、そう考えるべきだ。

パイコウに送られて、自宅に戻った。私は、星野の治療効果が出はじめたことで、気分をよくしていた。

一人で祝杯を上げる価値があるかもしれない。私は、ＬＤＫに行き、オンザロックを作ろうと思った。

そのとき、インターホンのチャイムが鳴った。インターホンに出ると、相手はパイコウだった。何事かと、私は玄関のドアを開けた。

「いっしょに来てください」

パイコウは言った。逼迫《ひっぱく》した口調だった。顔が緊張のためにこわばっている。

「どうしたんだ？」

「笹本有里さんが、誘拐されました」

パイコウが何を言っているのかわからなかった。有里の誘拐は未遂で終わった。パイコウはそれを知っているはずだ。

「待て。どういうことだ？」

「とにかく、早く……」

パイコウはすでに私に背を向けて駆けだしている。整体院の前にランドクルーザーが停まっていた。

私はわけがわからぬまま、杖を取りパイコウの後を追った。ランドクルーザーに乗り込むと、パイコウに尋ねた。

「何がどうなっているんだ。説明してくれ」

「私にも、よくわかりません。社長に言われました。とにかく、先生をお連れしろと……」

助手席では、馬英将が携帯電話に向かって中国語でわめき続けている。仲間と連絡を取り合っているらしい。ときおり、馬英将はパイコウを見て何かを告げている。おそらく、向かうべき場所の指示を与えているのだ。

いったい、誰が有里を……。

そのとき、黒犬の不気味な顔が頭をよぎった。私はぞっとし、いても立ってもいられない気分になった。有里の指や耳が切り落とされるところを想像したのだ。相手が黒犬なら、もっとひどいことをされるだろう。黒犬は、無抵抗な弱者をいたぶることに、喜びを感じるのだと赤城が言っていた。

私は、身を乗り出し、助手席の背もたれを両手で握りしめていた。雨が降り出していた。

パイコウは、ランドクルーザーを山手通りから甲州街道に向けて走らせた。甲州街道の下り線を猛スピードで疾走する。次々と車を追い越していく。これまで、パイコウがこれほど飛ばすのを見たことがない。雨粒がフロントガラスを叩く。それが、下にではなく、上方に流れていく。

私はまた歯ぎしりをしていた。有里に何かあったら、相手が香港マフィアだろうが何だろうが、ただではおかない。

パイコウが急にスピードを緩めた。私は、フロントガラスから道の先を見た。路肩に車が三台停まっている。一台は斜めに駐車していた。一見すると事故のように見える。

だが、そうではなかった。少なくとも、十人以上の人間たちが、その三台の車の周囲を駆け回っている。

パイコウは、左のウインカーを出し、ランドクルーザーを路肩に寄せた。三台の車の後ろに付けようとしている。

突然、乾いた炸裂《さくれつ》音がした。空気の振動で車のウインドウが震えた。パイコウと馬英将は反射的に姿勢を低くしていた。それを見て、銃声だということがわかった。

それから、続けざまに銃声が三発とどろいた。私もパイコウたちにならって、姿勢を低くした。それ以外にどうすることもできない。

やがて、あたりはふたたび通りすぎる車両の音が聞こえるだけになった。

馬英将の携帯電話が鳴った。馬は、姿勢を低くしたまま電話に出た。それから彼はゆっくりと身を起こした。パイコウは、即座にドアを開け、車の外に出た。

二人の行動を見て、すでに事は終わったのだということがわかった。私は、もどかしい思いで車を降りた。

パイコウと馬に挟まれて、立っている有里の姿が眼に入った。有里は、青ざめているがどうやらまだ自分を保っているらしかった。だが、私を見たとたんに飛びついてきて、わっと泣き出した。

「だいじょうぶか?」

私が言うと、有里は泣きじゃくりながら言った。

「だいじょうぶじゃないよ。なんだよ、あいつら。突然あたしをつかまえて、車に押し込んだんだ。怖かったんだから……」

「怪我はないな?」

「怖かったんだよ」

有里は繰り返した。

パイコウが言った。

「早く車に乗ってください。ここを離れなければ……」

見ると、パイコウの仲間たちが、三台の車に分乗するところだった。一台は、誘拐犯人の車に違いない。それもいっしょに持ち去るらしい。車が次々と発車した。

私は、有里の肩を抱いてランドクルーザーに向かった。私たちが乗り込むと、すぐにパイコウと馬英将も乗り、発車した。

パイコウはここに来たときとは別人のように安全運転だった。車に乗っている間じゅう、私は有里を抱いていなければならなかった。有里の興奮はなかなか収まらない。

どうしてこんな目に遭わなけりゃならないの、と有里は繰り返した。私は、説明しなければならなかった。劉昌輝の紹介で星野の治療を始めたこと。それには、NG1の利権がからんでおり、私に治療を止めさせたいやつがいること。渡辺滋雄もその一味だったこと……。有里は私のせいで二度も危ない目に遭っているのだ。

説明を聞くうちに、ようやく有里は落ち着いてきた。ショックから醒《さ》め、持ち前の好奇心が頭をもたげたようだ。それでも、私に体をあずけたまま、離れようとはしなかった。

馬英将の電話が再び鳴った。馬は電話に出ると、すぐにそれを私に差し出した。

私は携帯電話を受け取り、耳に当てた。

嗄《しわが》れていながら甲高い、独特の声が聞こえてきた。劉昌輝だ。

「先生、聞こえますか?」

「はい」

「笹本有里さんが無事で本当によかった」

「どういうことなのか、説明してほしいのですが……」

「簡単なことです。私たちは、先生と同様に笹本有里さんもガードしていた。誘拐される恐れがありましたからね……」

「なぜそう思ったのです?」

「私がトミー・チェンなら当然そうするからです。一度嘘の誘拐をやった。その後は警戒も甘くなる。二度目に本当の誘拐をやれば、警察もなかなか本気にしないでしょう。狼少年の話といっしょです。だから、私は部下を笹本有里さんに張り付かせたのです」

「礼を言わなければなりません」

「それには及びません。友人の友人は、また友人です。私は、私の友人に手を出すやつを許さない」

「ひとつだけ訊かせてください。監視していたのに、なぜ誘拐されたのです?」

「我々の不手際です。隙をつかれました。トミー・チェンの一味はこういうことに慣れている。お恥ずかしい話だが、我々は不覚を取ったということです」

「発砲事件がありました。警察沙汰になるかもしれません」

「なに、心配ありません。そういうことは、万事うまくやります。先生は、星野の治療に専念してください」

「ようやく治療の効果が出はじめました」

「ほう、そりゃよかった。試合が楽しみですね」

劉昌輝は本当に嬉しそうだった。利権のためなのか、純粋に星野のためなのか、私にはわからない。おそらくその両方だろう。

電話が切れ、私は馬に携帯電話を返した。

秋の細い雨の中、車は有里の自宅に向かった。私も有里も、彼女の自宅を教えていないが、パイコウは知っていた。車が家の前に停まると、有里は心細そうに私を見た。

「心配することはない」

私は言った。「もうじきすべてが終わる」

「やっぱり危ないときに来てくれたね」

有里が言った。私はかぶりを振った。

「私は何もしてない。彼らがやってくれたんだ」

「でも来てくれた。やっぱ、先生、頼りになるよ」

そう言うと、有里は無理にほほえんで見せた。私もほほえんでやった。

有里が家に入るのを見届けると、パイコウは車を私の整体院に向けた。

私は疲れ果て、窓の外をぼんやりと眺めていた。窓についた雨粒に街の色とりどりの光が滲《にじ》んでいる。青、赤、オレンジ、緑……。

整体院に着くまで、車内では誰も口をきかなかった。


パイコウに礼を言ってランドクルーザーを降りた。私は、玄関の鍵を取り出そうとしてポケットを探った。鍵がない。あわてて、鍵をかけずに飛び出したことを思い出した。

ドアを開けて中に入ると、虚脱感がやってきた。とにかく、先ほどやろうとしていたことを実行しようとＬＤＫに向かった。オンザロックを作るのだ。

杖は玄関に置いた。普段、部屋の中では杖を使わない。主に外出用なのだ。

部屋の明かりをつけた瞬間、私は凍りついた。ダイニングテーブルの椅子に誰かが座っていた。

黒いシャツに黒いスーツ。頬のこけた蒼《あお》い顔。

黒犬だ。

彼はひっそりと私を見つめていた。眼にはうっとりとした笑いが浮かんでいる。これから始まる殺人を思い描いて、恍惚《こうこつ》としているのかもしれない。

しまったと私は思った。

トミー・チェンの計画は二重三重だった。有里の誘拐に失敗する可能性も見越していた。誘拐のどさくさにまぎれて、黒犬に私の自宅に侵入させ、待ち伏せさせる。私は鍵をかけるのを忘れることで、彼らに手を貸したことになる。

私は、身を翻して外に出ようとした。外に行けば、パイコウたちがいる。

だが、私は左膝のせいで素早い動きなど望むべくもない。それに比べ、黒犬は風のようだった。音も立てずに立ち上がると、私の後ろ襟をつかみ、強く引いた。

私は、テーブルの脇に尻餅をついてしまった。黒犬は、にたにたと笑いながら、私を見下ろしている。

獲物を見つけた猛獣に見えた。

私は恐怖を感じていた。ある程度予期していたとしても、実際に遭遇してみるとこんなものだ。修羅場では怒りと恐怖が同時にやってくる。黒犬が、ベルトにつけていたシースから、細長い鋭利なナイフを取り出した。

まるで、外科医がメスを持つような手つきだと思った。私は、尻をついたまま体の向きを変えて、後ずさった。

黒犬は、私の両足首を見ていた。その眼が歓喜に輝いている。

唐突に彼の考えていることがわかり、ぞっとした。アキレス腱《けん》を切断しようとしているのだ。そうすれば、逃げることはできなくなる。

それから、おそらく、肘か肩の腱を切断するのだろう。そうすれば抵抗できなくなる。木偶《でく》人形のようなものだ。

そうしておいて、黒犬は、たっぷり時間をかけて楽しむのだ。最後は腹を割かれるのかもしれない。

私は、劉昌輝から聞いた呉伯英の悲惨な死に方を思い出していた。

外に出れば、パイコウたちがいる。

私は、その言葉を頭の中で繰り返していた。

這《は》って待合室に出ようかとも考えたが、ナイフを持った相手に無抵抗な背後をさらすことになる。私は、尻をついたまま、黒犬を見つめていた。

黒犬が無造作に近づいてきた。私の足を捕まえようとしている。私は黒犬目がけて、右足を蹴り出した。いつか、『鉤十字党』の誰かを左足で蹴って痛い思いをした。それが頭にあった。

無造作に見えた黒犬だが、私の蹴りを見ると、さっと後ろに身を引いた。全身に神経が行き届いている。黒犬は集中している。楽しい遊びに熱中する子供のようなものだ。

私は、若い呉伯英もこのような思いをしたのかと思った。彼はさらにひどい思いで死んでいった。

目の前にいる黒犬のせいでだ。

そう思うと、にわかに怒りが強まった。薄気味の悪い変態野郎だ。こんなやつが、人を殺して歩いている。しかも、こいつに殺されるやつは最悪の死に方をする。そして、それがこいつの最大の楽しみなのだ。こいつにとっては、人の恐怖が力の源なのだ。そう赤城が言っていたのを思い出した。

そうだ。弱みを見せてはいけないのだ。はったりでもいいから余裕を見せなければならない。

まず、立ち上がらなければならない。私は尻餅をついているし、相手は立ってナイフを持っている。決定的にこちらの立場が弱い。せめて目線の高さを同じにしなければならない。

私は、もう一度、黒犬が近づいてくるのを待った。蹴り離して、その隙《すき》に立ち上がるつもりだった。

とたんに黒犬は警戒した。こちらの意図を悟ったのだろうか。相手が警戒したということで、私は幾分か優位に立ったような気がした。

だが、手にしたナイフは恐ろしい。刃物の恐怖は直接心に響いてくる。その光を見ていると、背筋に恐怖が這い昇ってくる。腰から力が抜けていきそうになる。

ここでひるむわけにはいかない。私は、声を出した。

「さあ、来い」

もう一度、大きな声を出した。

「来いよ」

黒犬の表情は変わらない。相変わらず、獲物を見る目つきだ。

私は、同じ体勢で待った。どこかで、こんな状況を見たことがあるような気がした。

モハメッド・アリ対アントニオ猪木戦、そして、そのヒントとなった、姿三四郎対西洋人ボクサーの戦いだ。

黒犬の表情がにわかに変化した。眼の光が強くなった。彼は苛立《いらだ》ち、怒りはじめたのだ。

「どうした？　そんなところに突っ立ってちゃ、殺せないぜ」

私は言った。さきほどより幾分、声を抑えていた。

私はとにかく、待合室まで逃げようと思っていた。待合室には玄関のドアがある。そこから飛び出せば、パイコウたちが駆けつけるかもしれない。

黒犬は、私の言葉を理解していないようだ。しかし、何を言おうとしているかはわかるはずだ。

苛立った黒犬はいくぶん大胆に私に近づいた。一度空振りをしているので、私は充分に引きつけることにした。

黒犬は、いきなりナイフを振った。私はあわてて足を引っ込めなければならなかった。もう少しで、ざっくりと足を切り裂かれるところだった。

こうして、少しずつ切り刻んでいくのが彼のやり方なのだ。私はふたたび、背筋が寒くなるのを感じていた。

だめだ。このままでは勝ち目はない。

私は、大声でパイコウを呼ぼうかと思った。だが、外にいるパイコウに声が聞こえるかどうかわからない。

そして、助けを求める私を見て、黒犬はさらに力を得るだろう。それは、ますます私が不利になるということだ。

何とか待合室へ、そして玄関へ。

そこには、杖がある。

杖があれば、戦える。

私はさらに後ずさり、手を伸ばした。その手にダイニングテーブルの椅子の脚が触れた。私は、夢中でそれをつかみ、黒犬目がけて投げた。そんな力が私にあったのかと、自分でも驚いた。木製の椅子を片手で投げたのだ。

黒犬も片手でそれを払った。椅子は、戸棚に当たってひどく大きな音を立てた。戸棚のガラスが砕けていた。

その一瞬を私は逃すわけにはいかなかった。夢中で手をついて起きあがった。左膝が悲鳴を上げ、思わず力が抜けたが、なんとかバランスを取って、待合室に出た。

黒犬がすぐそばに迫っていた。

ナイフを順手で持って、横に払った。空気を切り裂く不気味な音が響く。私は、それをすんでのところでかわして、玄関に出た。外に出て助けを呼ぶ手もある。だが、そのとき、私はその方法を選ばなかった。ドアノブに手をかける代わりに、杖を手に取った。

こいつをこの手でぶちのめしたい。私の足下に這いつくばらせてやりたい。私は、その瞬間そう思っていたのだ。

黒犬は待合室で、ナイフを構えている。

私には目算があった。

杖で二、三発打ちつけてやれば、黒犬はひるむはずだと考えていた。赤城の言葉によれば、彼は相手を切り刻むことで自分の絶対的優位を確認する。殺すことで全能者になったような喜びを感じるのだ。こちらが優位に立てば、やつは、たちまち弱気になるにちがいない。

私は、杖を構えた。握りを左手で包み、右手を逆手に持つ青眼。これは琉球古武道ではなく、日本の杖術から取り入れた構えだ。

その状態で、じりじりと前に出た。玄関の段差を越え、黒犬に迫る。

黒犬は、動かなかった。

ナイフと杖では、こちらにリーチの分がある。刃物は恐ろしい。だが、ただの棒っきれだって、使う者が使えば恐ろしい武器になることを見せてやろう。

黒犬がナイフを突き出してきた。私は、ナイフを持つ手もろとも払い、同時に杖を翻して、黒犬の顔面を突いた。

黒犬は咄嗟《とっさ》にそれをかわした。たいした反射神経だ。

だが、杖の先は黒犬の頬をかすり、そこに血の筋を残した。

すばやく杖を引くと、しごくようにもう一度突いた。相手の鳩尾《みぞおち》だった。

黒犬は、体を折り曲げあえいだ。苦しそうな顔で私を上目遣いに見ている。

これで、黒犬はこちらの優位を認めただろう。そして、急速に気力が萎《な》えていくはずだ。それが、こちらの計算だった。

しかし、黒犬はひるまなかった。彼はゆっくりと身を起こすと、さらにうれしそうな笑いを浮かべた。

話が違うじゃないか、赤城……。

私は、もう一度、杖を構えなおした。剣道でいう青眼の構えだ。だが、私は気づいた。この構えでは、相手の動きを封じることはできるが、一気に勝負を決めることはできない。

私は黒犬と遊んでいるわけではないのだ。

一撃で勝負を決める。私は腹をくくった。

杖の両端を左右の手で握る。そしてそれを頭上に掲げた。私は万歳をしたような恰好《かっこう》になる。

剣道で言えば、上段の構えだ。おそろしく無防備だが、もっとも強気の構えでもある。

誘いの意味もある。

黒犬はその意味を悟るだろうか。

私は、杖を頭上に掲げたまま、わずかに前に出た。この構えは自分から迫っていかなければ役に立たない。相手を追い込んでいくのだ。

黒犬は、相変わらず歓喜に眼を輝かせている。

私はさらに前に出る。ほんの五センチほどだが、それでも相手にはプレッシャーがかかるはずだ。

黒犬は、反応してわずかに下がった。その瞬間に、私はまた前に出た。

黒犬の笑いが消えた。自分が不利になってきていることに初めて気がついたのだ。

私はさらに三センチほど前に出た。

その瞬間に、黒犬は、ナイフを突き出してきた。

今だ。私は、杖の握りを黒犬のこめかみに叩き込もうとした。それで決まりだ。

しかし、計算が狂った。部屋の狭さを忘れていた。

杖の握りが受付の窓の上の壁にぶつかった。こちらの反撃が遅れた。

刺される。

黒犬のナイフがまっすぐに私の胸に伸びてきた。

それはスローモーションのように見えた。しかし、私の体の動きはそれよりもさらに遅かった。

私は夢中で体をひねっていた。Tシャツの胸がざっくりと裂かれていた。鮮血がほとばしる。

ナイフは私の胸をかすめて、通りすぎていた。私はなんとか体をさばいて、直撃を避けたのだ。

勢いあまった黒犬の頭部が私のすぐ目の前にあった。

私は、無意識のうちに自分の額をその頭部に打ちつけていた。

目の前に火花が散った。一瞬、頭がくらくらして、鼻の奥がきな臭くなる。

だが、ダメージは黒犬のほうが大きかった。黒犬はよろけて、受付の窓がある壁に手をついた。

間合いが取れたので、私は杖を引き戻し、しごくように突き出した。その切っ先が黒犬の喉仏《のどぼとけ》を捉えた。

ぐうっというくぐもった声が洩れる。黒犬は目を剥《む》いて、一瞬動きを止めた。次の瞬間、ナイフを放り出し、両手で喉を抑えてもがいた。息ができないのだ。

ひゅうという音が彼の口から洩れた。閉じていた気管がふたたび開き空気を吸い込んだ音だ。空気といっしょに唾液《だえき》を吸い込み、彼は激しく咳《せ》き込んだ。

黒犬の苦しみなど眼中にない。そのこめかみに、杖の先端を打ち込んだ。

黒犬は、壁に背をあずけたまますずるずると崩れ落ちた。あえぎ、苦しみ、痛みにもだえながら、私を見上げている。

膝を引きつけ、しだいに体を丸くしていった。

私を見る眼がさきほどとはまったく違っていた。

怯《おび》えきっている。

ついに、黒犬の自信を打ち砕いたのだ。

私は、さらに杖で黒犬を打ちつけた。

黒犬は頭をかかえて、情けない声を出している。両腕の間から、びくびくとした眼がのぞいている。

　黒犬ではなく、負け犬の眼だ。

　私は、胸の奥にぞくぞくとした快感を感じた。暴力で相手を支配する快感。

　それは官能的な喜びだった。

　このまま黒犬を殺してしまいたい。そんな衝動に駆られた。

　そのとき、激しくドアを叩く音が聞こえた。

「先生。何がありましたか？　先生、大丈夫ですか？」

　パイコウの声だ。

「ああ、大丈夫だ」

　私は、そう言ったとたんに、急速に気分が冷えていくのを感じた。

　黒犬は丸まって怯えている。

　やはり、赤城が言ったことは正しかった。警察官のにわかプロファイルも捨てたものではない。

　私は、杖の先を黒犬に向けたまま、慎重にナイフを遠くへ蹴りやった。それから、ゆっくりと後ろへ下がり、片手を背後に伸ばして、ドアの鍵を解いた。

　とたんに、ドアが開き、パイコウと馬が飛び込んできた。

二人はその場に立ち尽くし、言葉を失った。パイコウは、丸くなった黒犬を見て、信じられないものを見るような顔をしている。

しばらくして、パイコウが言った。

「先生は、恐ろしい人ね。私たちのガード、必要ないね」

「運がよかったんだ」

私は言った。

先ほどの快感を思い出して、私はひどくざらついたものを感じていた。そして、無性に恥ずかしかった。

あの瞬間、私は黒犬と同じだった。いや、黒犬の残忍さは、誰もが持ち合わせている。誰もが、黒犬になる可能性があるのかもしれない。

だからこそ、黒犬は許せない。そんな気がした。

驚いたことに、戸口に赤城が現れた。

赤城は、私に言った。

「何があった？」

「見てのとおりです。黒犬に家の中で襲われました」

「待ち伏せされたのか？」

「知ってたんじゃないですか？」

「何だって？」

「警察がここを監視していたのなら、黒犬が侵入するのに気づいたはずです。私が襲われれば、現行犯逮捕できる。家宅侵入罪よりそのほうがいい」

「ばかを言うな」

赤城は本気で抗議した。「そんなこと、考えるはずがないだろう。たしかに、監視はしていた。だが、あんたが出かけたので監視の眼がゆるんだ。黒犬の侵入には誰も気づかなかったんだ」

私は疲れていた。心底疲れていた。

「そういうことにしておきましょう。凶器はあそこにあります。私は、殺されかけました」

赤城はうなずいた。

「おい、殺人未遂の現行犯だ」

彼は背後に控えていた、刑事たちに言った。「しょっ引け。大物だぞ」

刑事が三人入ってきて、黒犬を引き立てた。黒犬は別人のようにびくびくとしていた。子供がいやいやをするように抵抗したが、手錠をはめられると、おとなしくなった。

　赤城は、ハンカチを使って黒犬のナイフを拾った。それを、別の刑事に渡すと、私のほうを見て言った。

「怪我をしているな。救急車を呼ぼう」

「かすり傷です。たいしたことはありません」

「念のためだ。医者に診てもらえ」

　私はTシャツをめくって傷を診た。以前に襲撃されたときの傷のすぐ近くに切り傷ができていた。縫うほどのことはない。

「必要ありません。自分で手当てできます」

「意地になっているのか？　俺たちは、本当に黒犬の侵入には気づかなかったんだ」

「わかっています。言いすぎました。もういいんです」

　私は、疲労感に耐えられなくなってきていた。激しい緊張の反動だ。

　赤城は何か言いたそうにしていたが、やがてうなずくと、戸口から出ていった。

　パイコウたちはいつの間にか、いなくなっていた。

　誰もいなくなると、私はがたがたと震えはじめた。歯の根が合わない。

ＬＤＫに行くと、椅子が倒れ、ガラスが散乱していた。片づける気もしない。

私は、震える足で慎重に床のガラスをよけて戸棚に近づいた。ガラスが割れた戸棚からウイスキーを取り出し、ボトルから呑んだ。

激しく咳き込み、それからまた一口飲んだ。

また、一口。

腹の中でウイスキーが燃え上がり、ようやく震えは止まった。

だが、何もする気が起きない。私は、ベッドに行き、腰を下ろした。そして、手にしていたウイスキーのボトルから、また呑んだ。

それから、私はいつまでもそこに座ったままでいた。

15

一週間、私は星野の膝の治療に専念した。黒犬は逮捕されたが、その後警察の動きはないように見える。渋谷の爆発の件もその後、捜査の進展はない。少なくとも、新聞やテレビでは何も報道されていなかった。

とりあえず、私は星野の試合のことだけを考えることにした。中島は、星野には近づかないようにしているようだ。他の選手の面倒をみている。賢明な態度かもしれない。

星野のコンディションは上々だ。私のほうが星野より緊張しているくらいだ。

試合の日は瞬く間にやってきた。

決勝戦のリングは、まぶしかった。

膝の治療の苦労も、選手控え室での緊張も、入場の華やかさもすでに過去のものとなっている。

今、目の前にあるのは、戦いだけだ。

サム・カッツは、威嚇《いかく》するようにこちらの陣営を見据え、体を揺すっている。星野は、ロープに体を預けて、首を回していた。

私は、磐井館長から星野のセコンドにつくように言われていた。私は条件があると言った。

中島をいっしょにつけてくれと言ったのだ。そういうわけで中島が隣にいる。彼は、一言も口をきかない。

緊張しているのかもしれない。あるいは、他の感情を抱いているのかもしれない。

ゴングが鳴る。ライトに照らされたリングを見上げていると、まるで夢の中にいるように現実感を失った。

第一ラウンドは、互いに動きをセーブして探り合いという感じだった。サム・カッツのリーチは脅威だった。星野は、何発か左のジャブを食らい、たちまち目蓋を腫らした。私は、中島に任せた。リングサイドの処置に関しては、中島のほうがずっと経験がある。

第二ラウンドでキックの応酬が始まった。やはり、星野が夢の中で動いているような気がする。

私は、喚《わめ》いている中島に気づいた。試合が始まったとたん、彼は熱中していた。やはり私とは経験が違う。

左だ、左。相手の間合いに入るな。キックだ。ロー、ロー。

中島が叫んでいる。その声も、夢の中のような感じだ。観客の歓声と、グラブで打ち合う音。そして、中島の声。

第二ラウンドが終わると、中島は言った。

「やはり、サム・カッツは内股蹴りに対処する練習をしている」

星野が荒い息をつきながら言った。

「自分、先生に習ったこと、試してみたいんですが……」

中島は私を見た。私は責任が持てないと思った。

中島は、星野に眼を移すと言った。

「よし。やってみろ」

ゴングが鳴り、星野は戦いに臨む。

「いいんですか？」

私は中島に尋ねていた。「私が教えたのは、古流の体さばきですよ」

中島は言った。

「何かやらんと、勝てん」

星野は、完璧《かんぺき》なカウンター狙いの体勢になった。ローでさかんに牽制《けんせい》して、相手が出てくるところに合わせようとする。

だが、サム・カッツのリーチに手こずっている。

第三ラウンドが終わったとき、星野はわずかながら、左足を引きずりながら戻ってきた。私は、それを見たとたん、夢の世界から引きずり戻された。にわかに現実感が増してくる。

中島が尋ねた。

「膝が痛むのか？」

「そろそろ、先生の魔法も切れてきたみたいっすね」

今、ここで膝をいじくり回すのはまずい。相手に電光掲示板で知らせているようなものだ。私にはどうすることもできなかった。

「先生」

星野が私に言った。「膝、ぶっ壊してもいいですか？」

私は星野を見た。

うなずいた。

「後のことは、私に任せろ。しっかり治してやる」

「それ聞いて、思いっきり戦えますよ」

第四ラウンドのゴングが鳴った。

おそらく、星野の膝はこのラウンドしかもたない。彼に第五ラウンドはない。これが最終ラウンドだ。

星野にもその自覚があるにちがいない。彼は、足も折れよとばかりに左のローキックを出し続けた。

サム・カッツはステップバックと、膝ブロックをうまく使って星野の内股蹴りやローキックに対応している。

しかし、しつこい星野のローキック攻撃に苛立ちはじめていた。

星野はしっかりとガードを固め、じりじりと前に出ている。その姿を見て、私は思った。

大丈夫だ。星野は勝つ。

そして、星野は勝った。

サム・カッツが苛立ってローキックを出す瞬間、完璧なカウンターストレートがその顔面を捉えた。

サム・カッツはそれに耐えたが、その一撃でペースを崩された。大振りのフックが飛んできた瞬間、また、星野はカウンターのストレートを見舞った。

それが、サム・カッツの顎《あご》にヒットした。ぐらりとしたサム・カッツに、星野はパンチの連打を浴びせた。サム・カッツはマットに崩れ落ち、立ち上がれぬままテンカウントを聞いた。

それから後のことはよく覚えていない。客席の歓声に包まれ、私は竜巻に呑み込まれたような気がしていた。自分が試合に勝ったときもこれほど興奮はしなかった。

私は、リングに上がり汗まみれの星野と抱き合い、そして中島と抱き合っていた。

男というのは単純で、男同士の関係も単純だ。だから生きていける。

16

そういうわけで、私は引き続き星野の膝を治療しなければならなくなった。また腫れあがっていたが、どうということはない。試合のダメージによる一時的なものだということはわかっていた。

また一から治療をやり直すのだが、今度は前回よりずっと効果が早いことはわかっていた。中島の妨害もない。

試合が終わると、中国マフィアを巡る動きが一気に活発になった。赤城たちは、ずいぶんと張り切ったようだ。

まず、トミー・チェンの一味と見られる中国マフィアが数名検挙された。たいていはたいした罪ではない。入国管理法違反とか、公務執行妨害とか、道路交通法違反とか、その類の罪だ。だが、その一部に渋谷の爆発事件に関与したとみられる者がいた。そして、トミー・チェンが国外退去となっていた。

罪状は、売春の斡旋。実際にどういうことがあったのか私は知らない。手下たちがやった犯罪とトミー・チェンを直接結びつける証拠がなかったのかもしれない。新聞で読むかぎりはそうだった。

そして、新聞で読む以上のことを知りたいとも思わなかった。

別に警察のやり方を非難する気もない。マスコミにすべてを発表しないからといって、彼らがいい加減な仕事をしているわけではない。ただ、私のような一般市民には、ちょっとばかり冷淡なだけだ。

ともあれ、トミー・チェンの脅威は去った。

当面の私の問題は、ガラスが割れたＬＤＫの戸棚だ。

私は、元気いっぱいで看護婦の手を焼かせている能代を見舞った後、戸棚の修理をしてくれる業者を探そうと街を歩き回った。

結局、近所にはそういう店は見つからなかった。だが、こういう日常が心地よい。何の心配もなく、外を出歩けることの幸福を噛みしめていた。

しだいに秋が深まり、街が淡色になっていくのを眺めて、私は飽きなかった。もうじき街は、さらりとした秋の日の光に照らされてセピア色になる。

私は、劉昌輝に電話して、ガードしてくれたことや、有里を守ってくれたことの礼を言った。劉昌輝は、私を食事に招待してくれたが、私は丁重に断った。

劉昌輝は、星野を治療してくれたことを感謝していると言い、食事に招待するのはその感謝の印だと言った。私が、仕事をしたまでだというと、劉昌輝は納得してくれた。彼は次の出張治療の予約を入れた。

有里は、相変わらず週に一回通ってきては、おしゃべりをしている。彼女が渡辺滋雄やマフィアたちのことを話題にすることはない。私も話題にしない。

彼女なりに何かを感じ、何かを考えたにちがいない。私があれこれ説明するまでもない。

試合の三日後には、赤城が訪ねて来てこう言った。

「いろいろと世話になったな」

私は腰の具合を尋ねた。二人の関係をはっきりさせるためだった。あまり具合はよくないと赤城は言った。

いつでも、治療に来てくれと言うと、赤城はうなずき、去っていった。

夕刻に、戸棚の割れたガラスを眺めていると、由希子から電話があった。

治療の予約がしたいという。

「いろいろあったようだけど、大丈夫なの？」

由希子はさりげない口調で尋ねた。

「戸棚のガラスが割れてるんです」

「あら、あたしたちに言ってくれれば、業者の手配をするのに」

「そんなことまでしてくれるんですか？」

「あたしたちは、秘書サービスよ」

「助かります」

「ところで、治療の後、食事に行くという懸案事項がまだ残っているんですけど」

「ああ、そうでしたね」

「今度の治療の後はどう？」

私は考えてから言った。

「悪くないですね」

「じゃあ、決まりね。楽しみにしてるわ」

電話が切れた。

私は、受話器を置くと、心の中でもう一度つぶやいていた。

「悪くない」

解説

関口苑生
（文芸評論家）

何にせよ、ひとつのことを究めるというのは、途方もない努力、精進、鍛練、その他もろもろの要素が兼ね合い、しかも何年にもわたって積み重ねていった結果、ようやく成し遂げられるものだろう。それは、ジャンルを問わない。文化的なものであれ、工芸的なものであれ、ありとあらゆる職人の世界、さらにはスポーツ、芸事、武術の世界などでもおそらく同様だろうと思う。たとえば〝道〟がつく世界——茶道だとか、香道、華道、弓道、剣道、柔道などわたしたちにも馴染《なじ》み深いものは、メディアにも紹介されることが多いので理解が早いかもしれない。そこでは一流になるために技術はもちろん、知力、体力、精神力……等々、総合的に人間力を高めていかねばならず、並々ならぬ修業や練習、学習が必要とされるということがよく描かれるからだ。

もちろん、空手道も通常であればそこに含まれる。しかし、今野敏が描く空手の道だけはちょっと異なるのだった。

彼は言う。沖縄で生まれた空手と、本土に入ってきてから発達した、競技を前提としたスポーツとしての空手はまったく違うものであると。そのことは、彼の作品の中で繰り返し言及されている。競技を前提とした空手とは、要するにルールのあるゲーム（試合）のための空手。試合に勝つための空手である。勝つために選手は厳しい練習を積む。才能と体格に恵まれた選手は、より一層の練習によって体力をつけ、技術を研ぎ澄ましていく。それ自体は尊い行為かもしれない。これもひとつの空手〝道〟なのだろう。だが一方で、目的を試合に特化することで、失われていくものもある。

本土の（競技）空手は、突いたり蹴ったりが主流となっており、加えて筋力によるスピードを重視する。つまりはスポーツ空手だ。これが悪いというわけではない。西洋の身体理論が中心となっているスポーツでは、競技に特化した身体を作るために練習するのは当然のことだからだ。しかしながら、スポーツの動きというのは、どこかしら不自然な動きになるのだそうだ。それに身体を合わせるのだから、必然的に無理が生じる。無理を承知で身体を鍛える。スポーツとはそういうものなのだった。

そして最も重要なのが、試合に勝つことが最優先されることだ。ゲームであるから、勝つことが目的となるのだった。勝つために対策を練り、勝つために特別なトレーニングをする。勝つために……する。

だが、武道は――琉球空手は違う。ひたすら自然な動きだけを心がける、もっと豊かなものだとするのである。

本書『襲撃』（初刊は二〇〇〇年、徳間文庫より刊行）の主人公・美崎照人《みさきてると》は、そんな琉球空手の達人であった。といっても、彼もかつてはフルコンタクト空手の期待の星であり、流派の世界大会に出場する人間がこの世の誰よりも偉いと錯覚していた男であった。その大会が人生のすべてだと思い込んでいたのである。ところが、あるときローキックを受けて膝《ひざ》を壊し、足を引きずるようになってしまったのだった。これではフルコンタクト空手を続けられるはずもなく、世界大会で活躍するという夢は永遠に失われる。

生きる気力をなくした彼は、自暴自棄の生活を送り、やがて沖縄へと旅立つが、そこでも昼から泡盛をあおり、ホームレスとなっていく。そんなときに出会ったのが、上原正章《うえはらせいしょう》という古老だった。美崎はこの老人から沖縄の古い空手と棒術を学び、さらには整体術までも学習し、生まれ変わっていく。

ここでわたしのような素人がふと疑問に思うのは、膝が悪い人間に満足な空手なんでできるのだろうかということだ。これが驚くべきことに、問題なく十分やっていけるというのである。沖縄では今も古老——本書の上原正章のような老人が、圧倒的な強さを誇っているという。膝が悪いだの、腰が痛いだのと言っていたら、年寄りにはまず空手などできるはずがない。それこそが沖縄空手なのだった。つまりはここがスポーツ空手とは異なる点であった。

まず構えからして違う。競技空手のように足を前後にして身体を揺らし、手も胸の前で防御の構えなどはとらず、自然体で立っている。無駄な動きを徹底的に限界までそぎ落として、相手の出方を窺《うかが》うのである。このあたりは、今野敏の各作品にもっと詳しいことが書かれてあるので、どうぞそちらを読んでいただきたい。

だが、もうひとつだけ。最大の相違点のことについてだけは記しておきたい。

競技空手とは、言葉は悪いが基本的に「どつき合い」であるらしい。だからこそ、パンチとキックのコンビネーションをひたすら練習する。突いて蹴って、相手にダメージを与え、向こうも同じ攻撃をこちらに返し、どちらが先に倒れるかの勝負をする。

けれども、真に威力のある武術の技は、一撃必殺——相手を死に至らしめるものなのだった。そういう技を持った者同士が闘うと、どういうことになるか。つまりはルールなど存在しない世界での闘いである。沖縄の空手にはそうした背景がある。

美崎は、琉球古流空手の怖さと奥深さも含めた豊かさに触れることで甦《よみがえ》り、東京に戻ると整体の勉強を続け、鍼灸《しんきゅう》師とマッサージ師の資格も取り、スポーツ医学も学んで、五年前に美崎整体院の看板を出す。生まれ変わった男の、新しい人生の始まりであった。

物語は、美崎がある夜、突然四人組の男たちに襲われるところから幕が開く。彼らの行為には殺意が感じられ、美崎は容赦ない打撃を浴びてしまう。その日彼は、常連の患者からの紹介でフルコンタクト空手の選手・星野雄蔵《ほしのゆうぞう》の施術に出向いていた。星野は、もうじきNG1というグローブをつけて戦う、格闘技大会が控えていた。星野には、ある課せられた使命があった。所属する団体や館長、そして日本の格闘技ファンに対して、試合に勝たなければならないという使命である。だが彼の身体はすでにぼろぼろだった。とくに腰に爆弾をかかえていたし、左の膝も痛めていた。その星野の施術を終えた帰りに襲撃されたのである。

襲われる心当たりなどまるでなかった。しかし彼らは車で待ち伏せしており、複数で襲ってきた。それなりに計画的であったということだ。

翌日、警視庁捜査一課の部長刑事・赤城竜次《あかぎりゅうじ》がやってくる。横浜に本拠地を持つ中華レストランのオーナー、劉昌輝《りゅうしょうき》の手下が殺されたというのだ。劉昌輝は美崎の常連客で、彼こそが星野の施術を頼んできた人物だったのだ。また彼は裏社会の大物でもあった。これは前夜の襲撃と何か関係があるのだろうか？ わけがわからないまま事件に巻き込まれる形となった美崎は、かくして見えない敵と闘う羽目になる……。

　空手を中心とした、男たちの孤独な闘いを描いた物語と言っていいだろう。人生を一度は放棄した男が、出世を放棄して現場に生きる刑事とコンビを組んで難敵に挑んでいく。

　またこのふたりに加えて、脇役の女性ふたりが何ともたまらない魅力を備えて燦《さん》然《ぜん》と光り輝いている。ひとりは新体操選手の女子大生・笹本有里《ささもとゆり》。新体操の選手だけにスタイルは抜群で、その上胸が大きく開いたタンクトップに薄手のシャツを羽織り、おそろしく短い黒革のスカートをはいて、引き締まった長い脚を誇示するのである。いまひとりは、電話代行会社の女性社長・雨宮由希子《あまみやゆきこ》。三十五歳だが五歳は若く見え、女性的魅力が全身から匂い立つような美人だ。そんな美女たちが患者としてだけではなく美崎に寄り添っていくうちに、やがて否応《いやおう》なく事件の渦中へと入り込んでいく。まったくの個人的趣味で申し訳ないが、このふたりの女性が登場する場面だけでわたしは興奮していたものだ。

まさに今野敏の真骨頂を発揮した、痛快にして刺激的であり、読後にはほのかな哀感すらも漂わせる面白活劇小説なのである。

本書は、整体師と刑事という珍しい組み合わせの相棒小説だが、実はこの異色のタッグには原型らしきものがある。一九九二年から九三年にかけて刊行された《拳鬼伝》シリーズ1～3がそれで、渋谷署強行犯係の刑事と琉球空手の使い手である整体師がコンビを組み、事件の捜査に当たるというものだ（のちにこの三作は《渋谷署強行犯係》シリーズと改題され『密闘』『義闘』『宿闘』として徳間文庫より刊行された）。腰が悪い刑事が整体師のもとを訪れ、施術を受けながら街で起こった奇妙な事件のことを話すという設定も本書と一緒の、拳法アクション小説だった。

この当時、今野敏の初めての警察小説《東京ベイエリア分署》シリーズが一九九一年の『硝子の殺人者』を最後に、種々の事情で中断することになる。それでも彼は何とか警察小説を、もしくはそれに近いものを書きたいと模索し続け、その結果《潜入捜査》シリーズや、《拳鬼伝》シリーズが生まれたのだった。この試みは見事に功を奏する。彼は決して諦めずにさまざまな試行を繰り返していき、やがて一九九四年には『蓬莱《ほうらい》』、九五年に『イコン』、九六年には『リオ』と『触発』など次々と本格的警察小説を発表して、このジャンルでの第一人者となっていく。しかし一方で、活劇アクションの傾向が強い警察小説は次第と数が少なくなっていったように思う。事実、先にも記したように《拳鬼伝》シリーズも一九九三年に、《潜入捜査》シリーズは九五年に一応の終了をみることに。

ところが、二〇〇〇年になって突如としてこの『襲撃』が生まれ、活劇系警察小説路線が復活したのである。そうなった事情はよくわからないが、ひとつにはファンからの要望もあったのではないか。今野敏といえば、やはりアクション描写を忘れてはならず、その迫力と巧緻《こうち》さには定評がある。それを今一度思う存分味わいたいと願ったとしても、決して不思議なことではない。本書に続いて二〇〇一年には続編『人狼』が出たのも、そうした人気を裏付けるものだろう。さらに二〇〇四年には、何と驚くべきことに『パラレル』という作品で、他のシリーズ主人公らとともに美崎と赤城がゲスト出演しているが、これを最後にふたりは消えてしまう。

このときばかりは、さすがにこうした路線もこれまでかと思ったものだ。しかしここで再びの驚きが訪れる。二〇一四年になって、《渋谷署強行犯係》シリーズが、新作『虎の尾』で二十数年ぶりに甦ったのである。

ひとつのシリーズが消えると、同じ設定で新しいシリーズが生まれ、それも消えてしまうと、また以前のシリーズが復活する。これはもう、潜在的な需要が絶対にあるということにほかならないのではなかろうか。

本書をお読みいただくと、わたしの言う意味が理解できると思う。小説を読んでいてハラハラドキドキし、楽しくなり、読後には清々しい気分になる。普段は忘れていても、何かの拍子にふっと思い出し、あれは面白かったなあともう一度読みたくなってくる。

本書はまさしくそんな小説なのである。

本書は二〇〇〇年十月に徳間文庫より刊行されました。

本作品はフィクションです。実在する個人および団体とは一切関係ありません。（編集部）

実業之日本社文庫 こ210

襲撃《しゅうげき》

2016年12月15日　初版第1刷発行

著　者　今野《こんの》 敏《びん》

発行者　岩野裕一
発行所　株式会社実業之日本社
〒153-0044　東京都目黒区大橋 1-5-1
クロスエアタワー 8 階
電話 [編集]03(6809)0473 [販売]03(6809)0495
ホームページ　http://www.j-n.co.jp/
DTP　株式会社アル・ヒラヤマ
印刷所　大日本印刷株式会社
製本所　大日本印刷株式会社

フォーマットデザイン　鈴木正道(Suzuki Design)

ISBN978-4-408-55329-0（第二文芸）